थाली भर आशा

थाली भर आशा

इशरत आफ़रीं

अनुवाद

महताब हैदर नक़वी

वाणी प्रकाशन

वाणी प्रकाशन
4695, 21-ए, दरियागंज, नयी दिल्ली 110 002
शाखा
अशोक राजपथ, पटना 800 004
फ़ोन: +91 11 23273167 फ़ैक्स: +91 11 23275710
www.vaniprakashan.in
vaniprakashan@gmail.com

THALI BHAR AASHA
by Isharat Afarin
Translated by Mahtab Haidar Naqvi

ISBN : 978-93-5072-937-3
Ghazals/Nazms

प्रथम संस्करण 2015
मूल्य : ₹ 300
$ 17.95

हर्ष प्रिंटर्स, दिल्ली-110 093 में मुद्रित

वाणी प्रकाशन का लोगो मक़बूल फ़िदा हुसेन की कूची से

भूमिका

इशरत आफ़रीं पाकिस्तान की प्रमुख शायरा (कवयित्री) हैं। वह इन दिनों अमेरिका में रह रही हैं। 'कुंज पीले फूलों का' तथा 'धूप अपने हिस्से की' नाम से उनके दो काव्य संग्रह पाकिस्तान के दो प्रमुख प्रकाशनों द्वारा प्रकाशित किए जा चुके हैं। पाकिस्तान में भारत की अपेक्षा उूर्द शायरात (कवयित्रियाँ) अधिक हैं जो अपनी काव्यशैली तथा कथ्य के कारण कम, अपने साहस, निडरता, एवं बोल्डनेस के कारण अधिक प्रसिद्ध हुईं। इन शायरात के मध्य इशरत आफ़रीं एक नयी आवाज़ लेकर आयीं। यह आवाज़ भारतीय उपमहाद्वीप की एक साधारण स्त्री की आवाज़ है जो अपनी शैली, शिल्प एवं कथ्य के कारण समाज की एक असाधारण औरत की आवाज़ बन जाती है।

उर्दू शायरी में जिस औरत का ज़िक्र मिलता है, वह उच्च-वर्ग की स्त्री है। प्रगतिशील साहित्य में कुछ अन्तर अवश्य आया लेकिन कुल मिलाकर यह औरत आभिजात्य वर्ग की ही रही। इशरत आफ़रीं की शायरी की औरत गाँव या क़स्बे में रहती है। यह मुहब्बत करने वाली ग़रीब औरत है, और अभावों में ही खुश है, इसका एक सामाजिक परिवेश एवं कुछ संस्कार हैं। उसके मन में सादगी, सच्चाई और सहनशीलता के साथ-साथ अहं-भाव भी है जो, उसे सम्माननीय बनाता है। यही कारण है कि इशरत आफ़रीं को दूसरी पाकिस्तानी शायरात की तरह किसी अतिरिक्त साहस तथा बोल्डनेस की आवश्यकता नहीं होती। उनका स्वाभाविक रवैया उपमहाद्वीप की एक आम औरत की तरह ही होता है—

मेरा क़द
मेरे बाप से ऊँचा निकला
और मेरी माँ जीत गयी

और—

यह अना के क़बीले की
सफ्फ़ाक लड़की

तेरी दस्तरस से
बहुत दूर है

इशरत आफ़रीं की शायरी सामाजिक सरोकारों की शायरी है। इसके बावजूद यह प्रगतिशील परम्परा की शायरी नहीं है। यह शायरी सपाटपन तथा नारेबाजी के बजाय शायरी की मूल परम्परा से जुड़ी हुई है। यह छोटी-छोटी तस्वीरों का एक ऐसा अलबम है जिसमें उपमहाद्वीप के देहात, तीज-त्योहार, जाने-पहचाने मौसम, सभ्यता एवं संस्कृति के गहरे रंगों वाले चित्र शामिल हैं। इन तस्वीरों को बनाने में इशरत आफ़रीं ने अपनी पूरी रचनात्मक शक्ति लगा दी है। हर तस्वीर के बैकग्राउण्ड में एक कहानी है। तभी तो प्रसिद्ध कहानीकार इस्मत चुग़ताई ने इशरत आफ़रीं के सम्बन्ध में यह कहा था कि, ''तुम्हारे शेरों में भी तो वैसी ही कहानियाँ हैं, उन्हीं इन्सानों की, जिन्हें देखकर मैंने ख़ून थूका था।''

इशरत आफ़रीं के पहले काव्य संग्रह 'कुंज पीले फूलों का' में ज्ञानपीठ पुरस्कार से सम्मानित प्रमुख प्रगतिशील चिन्तक एवं शायर अली सरदार जाफ़री का एक लेख भी शामिल है। किसी भी नये शायर की शायरी पर सरदार जाफ़री की नज़र पड़ना, फिर उस पर लेख लिखना अपने आप में गौरव की बात है। इस लेख में जाफ़री साहब ने इशरत आफ़रीं की शायरी को अपने समय की आवाज़ बताया हैं। आशा है हमारे पाठक अपने समय की आवाज़ को ध्यानपूर्वक सुनेंगे और उन्हें यह नयी आवाज़ पसन्द आएगी।

अलीगढ़

महताब हैदर नक़्वी
उर्दू विभाग
अलीगढ़ मुस्लिम विश्वविद्यालय,
अलीगढ़।

अनुक्रम

मैं

ये अना[1] के क़बीले की
सफ्फ़ाक[2] लड़की
तेरी दस्तरस से
बहुत दूर है

1. अहम
2. बेरहम।

तआरुफ़[1]

मेरा तआरुफ़!
पुराने ज़ख्मों को मत कुरेदो
मेरा तआरुफ़
जो तुम समझते हो, वह नहीं है

मैं अपनी गलियों की धूल में खेल कर बढ़ी हूँ
मैं ख्वाब की उम्र में भी हालात से लड़ी हूँ
मैं अपने आबा[2] की क़ब्र पर खिलने वाली वो खुशनुमा कली हूँ
जो अपने होने के जुर्म में हर सज़ा को हँस-हँस के काटती है

मेरा तआरुफ़ तो कुछ नहीं है
मेरा तआरुफ़ तो बस वही है
जो मुझसे पहले अज़ीम ग़ालिब का
मीर का था
वो मीर जिसको खुदाए-शेरो-सुख़न का रुत्बा अता हुआ था
मगर गदा की तरह मरा था
अज़ीम ग़ालिब जो मय की ख़ैरात माँगता था

---

1. परिचय
2. बाप-दादा

आग

कभी-कभी ऐसा होता है
फूल की आँच से
तितली के पर जल जाते हैं
दिल की आग से बसे-बसाये
खुशबू से घर जल जाते हैं
बूँद बराबर अश्क-रश्क में
सात समन्दर जल जाते हैं।

आईने को सकता है

सवेरे चहचहा कर
मुझको गौरय्ये का वह बेदार करना
फुर से उड़ जाना
ग्वाले का टनाटन एक सी घंटी बजाना
और उसके जाते ही बूढ़े भिखारी का तसलसुम से वो गाना
साथ ही चिमटा बजाना
और उसी आवाज में तरकारी वाले की सदा का आन मिलना
फिर 'इन्हीं' के दरमियाँ रेवड़ के हाँके जाने का गुल
दफ़अतन[2] दीवार से इस तरह टकराना
कि दिल हाथों उछल जाये
ये वो मामूल के ख़ादिम थे
जो हमको सवेरे आन कर बेदार करते
और भागम-भाग वापस लौट जाते थे
अजब बेलौस चाकर थे
न जाने कितनी मुद्दत हो गयी बिछड़े हुए उनसे
कि जैसे अब वो सुब्हें ख़्वाब लगती हैं
मगर बस एक साथी
रोज़ो-शब के इस सफ़र में
साये की सूरत मेरे हमराह है अब तक
वो गौरय्या
जो पूरी जान से खिड़की में आकर चहचहाती थी

---

1. एक बीमारी जिसमें शरीर बेहरकत हो जाता है
2. अचानक

सवेरे यूँ जगाती थी
तो दोपहरों में आईनों से लड़कर गुल मचाती थी
मुझे कितना सताती थी
कि मैं शाइस्तए-आदाबे-तन्हाई
वो गौरय्या मुझे कल फिर नज़र आयी
मगर इस मर्तबा वह खिड़कियों की दूसरी जानिब से
मेरी शक्ल हैरानी से तकती थी
तो मैंने
अपने कमरे में सजे आईने से कुछ पूछना चाहा
मगर
आईना इससे भी सिवा हैरत से मेरी शक्ल तकता है
कि आईने को सकता है

○

कौन से फूल थे, किस शाख़े-दुआ पर आये
किस के हिस्से के थे और किसको मयस्सर आये।

हमको होना था कहाँ और कहाँ बैठे हैं
ख़्वाब अच्छे थे तो क्यों ख़्वाब से बाहर आये।

एक वहशत थी कि खींचे थी तनाबें अपनी
टूटकर अब जो गिरे हैं तो जमीं पर आये।

किसने यह शाख़े-हिना, दस्ते-खिज़ाँ में रख दी।
ताकि जो रंग भी आये, न मुकर्रर[1] आये।

वक़्त ने कौन सी रफ़्तार पे ढाला था कि हम
रुकते-रुकते भी न दुनिया के बराबर आये

1. बार-बार।

○

हमारे दरमियाँ इक और बाबे-हिज्र[1] वा हुआ
मैं गर्द-गर्द हो गयी हूँ तब वो आइना हुआ।

तमाम रात मैंने आँख तक नहीं लगायी है
तमाम रात अपने आप से मुकालेमा[2] हुआ।

वो जब तलक मिला नहीं विसालो-हिज्र तक रही
मगर पसे-विसाल एक और तजरबा हुआ।

किवाड़ खोलने अबद[3] के जाओ तुम कभी अगर
वहाँ मिलेगा कोई तुमको राह देखता हुआ।

वो मेरे एक पल का क़र्ज़ भी अदा न कर सका
वो शख़्स जिससे सारी उम्र का मोआमला हुआ।

अजीब रोशनी थी जो बसारतें[4] ही ले गयी
अजीब दर्द था कि आख़िरश वही दवा हुआ।

वो एक रात फूल दे गया था नीम-ख़्वाब में
हथेलियों में ख़ूँ का ज़ायक़ा सा है रचा हुआ॥

1. जुदाई का द्वार, 2. बात-चीत, 3. अन्त, 4. रोशनी।

○

इक लह्र उठी और बस्ती वाले निकल पड़े
इक हवा चली और बस्ती वाले निकल पड़े।

इक तारा उतरा मेरे सूने आँगन में
यह ख़बर उड़ी और बस्ती वाले निकल पड़े।

उस बामे-मुराद से फूल गिरा मेरे दामन में
ख़ुशबू फैली और बस्ती वाले निकल पड़े।

इक भूखी गय्या भटक गयी हरियाली बीच
सरहद टूटी और बस्ती वाले निकल पड़े।

इक लड़की डूब मरी तब तक सन्नाटा था
दस्तार गिरी और बस्ती वाले निकल पड़े।

हवाएँ जब घंटियाँ बजायें तो लौट आना
किसी की आँखें दिये जलाएँ तो लौट आना।

बहुत दिनों तक ये मौसमे-गुल नहीं रहेगा।
जो शाख़े-जाँ पर गुलाब आयें तो लौट आना।

हवा दरख़्तों से जब गले मिल के रो रही हो
परन्द लम्बे सफ़र पे जायें तो लौट आना।

जो ज़िद पे आ जाये दिल तो उसकी भी मान लेना
पुरानी यादें बहुत सतायें तो लौट आना।

फ़िराक की आग चाट जाती है जिस्मो-जाँ को
जो सुन सको वक़्त की सदायें तो लौट आना।

○

हमें यह कैसी तस्वीरें दिखाई जा रही हैं
घरों के सहन में क़ब्रें बनायी जा रही हैं।

परन्द और पेड़ क्यों चिल्ला रहे हैं पानी-पानी
घटाएँ आसमाँ में क्यों समाई जा रही हैं।

मेरे फूलों को अँगारों में तोला जा रहा है।
मेरी गालियाँ शरारों में नहाई जा रही हैं।

मेरे घर को उक़ूबतगाह[1] में तब्दील करके
मेरे ख़्वाबों को ज़ंजीरें पिन्हाई जा रही हैं।

चिराग़ अब तक नहीं जिस घर के ताकों को मयस्सर
वहाँ माँगे की फुलझड़ियाँ जलायी जा रही हैं।

---

1. दुखों का घर, सज़ा घर,

○

युँही किसी के ध्यान में अपने आप में गाती दोपहरें
नर्म-गुलाबी जाड़ों वाली बाल सुखाती दोपहरें।

सारे घर में शाम ढले तक खेल वो धूप और छाँव का
लिपे-पुते कच्चे आँगन में लोट लगाती दोपहरें।

जीवन डोर के पीछे हैराँ भागती टोली बच्चों की
गलियों-गलियों नंगे पाँव धूल उड़ाती दोपहरें।

सरगोशी करते पर्दे, कुंडी खटकाता नटखट दिन
दबे-दबे क़दमों से तपती छत पर जाती दोपहरें।

कमरे में हैरान खड़े आईना जैसे हँसते दिन
ख़ुद से लड़कर गौरय्या सी शोर मचाती दोपहरें।

वही मज़ाफ़ातों[1] के भेद भरे सन्नाटों वाले दिन
गुड़ियों के लब सीकर उनका ब्याह रचाती दोपहरें।

नीम तले वह कच्चे धागे रंगती हुई पुरानी याद
घेरा डाले छोटी-छोटी हाथ बंटाती दोपहरें।

---

1. शहर के बाहर का देहाती क्षेत्र

फटी-पुरानी कथरी पहने धूप सेंकते बूढ़े दिन
पेशानी तक पल्लू खींचे चिलम बनाती दोपहरें।

पानी की तक़्सीम के पीछे जलते खेत, सुलगते दिन
और खेतों की ज़र्द मुँडेरों पर कुम्हलाती दोपहरें।

पुरवाई से लड़ते कितने वरक़ पुरानी यादों के
सौग़ातों के सन्दूक़ों को धूप दिखाती दोपहरें।

दुखती आँखें, ज़ख्मी पोरें, उलझे धागों जैसे दिन
बादल जैसी ओढ़नियों पर फूल खिलाती दोपहरें।

सुनते हैं अब उन गलियों में फूल-शरारे खिलते हैं
ख़ून की होली खेल रही हैं रंग नहाती दोपहरें।

ये तो मेरे ख़्वाब नहीं है, यह तो मेरा शह्र नहीं
किस जानिब से आ निकली हैं ये गह्नाती दोपहरें।

○

क़तरा-क़तरा नम मिट्टी में
बोएँ आपने ग़म मिट्टी में

ये मिट्टी है और तरह की
जमते नहीं क़दम मिट्टी में।

ये बच्चे हैं और ही ढब के
खेलते हैं कम-कम मिट्टी में।

कैसी अनोखी फ़स्ल उठी है
अपने लहू से नम मिट्टी में।

नंगे सूरज से लड़ता है
हरियाली का ग़म मिट्टी में।

जब भी कोंपल हाथ हिलाएँ
देखूँ नया जनम मिट्टी में।

सबको इक दिन मिल जाना है
क्या तुम और क्या हम मिट्टी में।

○

लम्हों की तरह मिलना उसका, सदियों की तरह गुम हो जाना
या अपने किसी ठिकाने से चीज़ों की तरह गुम हो जाना।

या उँगुली थाम के चल पड़ना यादों के सुनहरे रस्ते पर
या हाथ छुड़ा कर मेले में बच्चों की तरह गुम हो जाना।

या ध्यान के कोने-खुदरे में यादों की तरह से पड़ रहना
या आँख झपकते मंज़र से ख्वाबों की तरह गुम हो जाना।

या किसी पुरानी कश्ती की सूरत साहिल का हो रहना
या आन की आन ख़फ़ा होकर लहरों की तरह तुम हो जाना।

या आँधी सा लड़ना उसका, या बादल सा रोना उसका
या सर्द हवाओं के डर से चिड़ियों की तरह गुम हो जाना।

या फटी-पुरानी चुनरी सा काँटों की बाढ़ पे लहराना
या नयी-नवेली दुलहन के गहनों की तरह गुम हो जाना।

या उसका किताबे-दिल पे कहीं सब नाम-पता लिक्खा होना
या छोटे-छोटे काग़ज़ के पुर्ज़ों की तरह गुम हो जाना।

इक शाम अचानक आ जाना बे आहट, बेदस्तक उसका
इक रात सरहाने लिख रक्खी नज़्मों की तरह गुम हो जाना।

खिड़की में लहराते, तन्हा ज़र्द गुलाबों जैसे दिन
वो तकियों पर काढ़े जाने वाले ख़्वाबों जैसे दिन।

बाहर दस्तक देते मौसम, चुग़ली खाती तेज़ हवा
मेज़ पे रक्खी नींद से बोझिल खुली किताबों जैसे दिन।

हमको याद हैं उड़ते-फिरते तितली जैसे सुबहो-शाम
हाथ में जलता सूरज थामे वो तालाबों जैसे दिन।

जाने किसके दिल की धड़कन खुदी हुयी थी पेड़ों पर
जाते-जाते ठिठक गए हैं युँही निसाबों वाले दिन।

कँगूरों से लिपटी बेलें और बेलों पर हँसते फूल
बीच खंडर खामोश खड़ी रोशन मेहराबों जैसे दिन।

इक मुद्दत से ठहर गए हैं जैसे हम दोनों के बीच
वही सवालों जैसी रातें, वही जवाबों जैसे दिन।

वरना तो मैं कब की मर चुकी थी
बच्चों से है घर में ज़िन्दगी सी
मैं उनके लबों से हँस रही हूँ
ये पँखड़ियाँ गुलाब की सी।

हमें भी कोई मिल गया, तुम्हें भी कोई जुड़ गया
जो तितलियों सा वक़्त था, वो पर लगा के उड़ गया।

सिमटने में नहीं आता है जो यह कारे-हस्ती
आसासा घर की गुन्जाइश से ज़्यादा हो गया है।

इस रंज भरे घर में मसर्रत की कोई लहर
बाक़ी है तो हँसते हुए बच्चों की बदौलत।

गैराज सेल

तीर के इक निशाँ के हवाले से चलते हुए
इक नये मोड़ पर
ख़ूबसूरत मकाँ की खुली राहदारी तक आते हुए
मैं ठिठक सी गयी
राहदारी के दोनों तरफ लान में
इस क़रीने से घर का असासा सजाया गया था
कि नीलाम होने का एहसास जाता रहा
और मेरे लिए यूँ भी यह इक नया तजरबा था
मेज़-कुर्सी बनाने के औज़ार से लेकर
बावर्ची खाने की सारी गृहस्थी
हसीं पेंटिंग्स
नन्हें बच्चे का झूला, जुराबें, फ़राकें, नयी जूतियाँ
जूतियों से जड़े झुनझुने और रिबन
ऐसे ही हुस्ने-तरतीब से हैंगर में टंगे, खुशबुओं में बसे
मुख्तलिफ़ तर्ज़ के खुशनुमा पैरहन
इस क़दर एहतियात और सलीक़े से बरते गए थे
कि लगता था बचपन इन्हें छूके गुज़रा न था
मेज़ की दूसरी सम्त
दो छोटे बच्चे
खुद अपने खिलौनों पे क़ीमत की पर्ची लगाते हुए
मुझको ऐसे लगे
जैसे ये कारख़ाने के मज़दूर हों
मेरा दिल दर्द से भर गया

मैं अभी लौटना चाहती थी
कि मुझको
लिबासे-उरूसी[1] ने रोका तो ऐसा लगा
सैंकड़ों चूड़ियाँ
टूटकर मेरे दिल में कहीं चुभ गयी हैं
मैं घबरा के बावर्ची-ख़ाने के सामान पर रुक गयी
हाँ मगर जहन मेरा भटकता रहा
(नानी अम्मा के सन्दूक़चे में धरा
पोत का वह गुलाबी ग़रारा
कि जिसके फ़क़त पारचे रह गए थे मगर
जिसकी खूशबू, चमक और रंगत
मेरे हाफ़जे मे कहीं रच गयी थी
हिना की तरह
और वह
जो कि सन्दूक से अब फ़क़त एक सन्दूक़चा रह गया था मगर
कुछ तो था जो कि तहरीर था नस्ल दर नस्ल दिल पर
तो अब के दिसम्बर
न जाने कहाँ से वो सन्दूक़चा खुल गया)

---

1. दुल्हन का जोड़ा।

ब्लैक होल

हम एशिया के
ग़रीब मुल्कों के
इन्तहाई ज़हीन लेकिन शरीफ़ बच्चे
हमारी माओं के तोशए-शब में जितनी कहानियाँ थीं
कुछ इस तरह थीं
कि सबका अन्जाम एक सा था
वो ख़्वाह जिन्नात और परी हों
तमाम किरदार एक से थे
हमेशा वह निस्फ़शब के अमल से ता फज्र
गश्त करता था हर गली में
कहानियों में अगर परी थी
तो देव का ख़ौफ़ लाज़िमी था
कहानियों में
चिड़े को मासूम और चिड़िया को बद-दयानत ही हमने जाना
कहानियों में
सिवाय शाहों के एक गूना इताब के और कुछ नहीं था
बुजज़ गुनाहो-सवाब के और कुछ नहीं था
हमारी गलियों में शब को जिन्नात और
दिन में वो बूढ़ा बरकात घूमता था
वो अपने ठेले पे रखके बाईस्कोप हर सू सदा लगाता
कि आओ मक्का-मदीना देखो
वो बूढ़ा बाईसकोप वाला
उसी से हमको पता चला था
बुराइयाँ हद से बढ़ गयी हैं

उसी से हमको खबर मिली थी
कि यह सदी चौदहवीं सदी है
किसी घड़ी बस कयामत आना ही चाहती है
मुझे ये लगता था
आसमाँ के सभी किनारे दहक रहे हैं
कि ख़्वाब में भी
मुझे जहन्नम में गुर्ज़ थामे हुए फ़रिश्ते दिखायी देते
मुझे क़यामत का खौफ़ उस उम्र से था लाहक़
कि जब गुनाहो-सवाब की हद से मावरा थी
तो मैंने यूँ ही शऊर की हद में पाँव रक्खे
बस इतना सोचा
कि एशिया के ग़रीब मुल्कों के
इन्तेहाई ग़रीब लेकिन शरीफ़ बच्चों की बद-नसीबी से
अपने बच्चे को दूर रक्खूँ
मैं एक माँ थी
सो मेरे बच्चे, मैं चाहती थी
कि जो भी दुख मैंने अपने मासूम दिल पर उठाए हैं
उनका कोई साया पड़े न तुम पर
मगर मेरी जाँ किसे ख़बर थी
हमारी फ़रसूदा क़िस्सागोई के बेहक़ीकत मोबालग़ो[1] से
हक़ीक़तों की सदाक़तों तक सफ़र कठिन है
मगर वही है
वही हक़ीक़त कि जिससे हम भागते रहे हैं
मैं अपनी दानिस्त में वो गलियाँ ही छोड़ आयी
जहाँ पे रातों को शाहे-जिन्नत घूमता था
जहाँ पे बालीदा[2] जहन्
नादीदा[3] खौफ़ की भट्टियों में पककर चटख रहे
मैं चाहती थी कि तुमको ज़िन्दा हक़ीक़तों का अमीं बनाऊँ

---

1. अतिश्योक्ति
2. विकसित
3. न देखा हुआ

मैं चाहती थी तुम्हें बताऊँ
ज़मीन जन्नत है
तुम फ़रिश्ते हो
जिसके हाथों में
आने वाले दिनों की इन्जीले-आगही है
मैं चाहती थी तुम्हें बताऊँ
ख़ुदा ज़मीं से खफ़ा नहीं है
यू नीलगूँ आसमान नामेहरबाँ नहीं है
मगर ये क्या आज तुमने मुज़्दा[1] मुझे सुनाया
कि कायनाते-बसीत[2] की बेकराँ[3] खमोशी में
ये जो लाखों-करोड़ों जुगनूँ
हज़ारहा रोशनी की खुशरंग तितलियाँ रक़्स कर रही हैं
यहीं कहीं रोशनी की उन तितलियों को बढ़कर निगलने वाला
सियाह भौंरा भी रक्स में हैं
तुम्हारे नन्हें से दिल में किसने ये दुख जगाया
कि नीलगूँ पानियों पे हंस और हंसिनी की लाशें
ये फ़ितरत का मरसिया[4] है
कि ज़हर-आलूदगी का?
फ़ितरत के हुस्न को रफ़्ता-रफ़्ता क्योंकर निगल रहा है
तुम्हें ये किसने कहा कि मिट्टी के सब हवाले हैं मिटने वाले
ये दुख तुम्हारे हिस्से में मेरी जाँ कैसे आया
मैं मानती हूँ
ये आगही का अज़ीम विरसा
कि जिस पे मुझसे कहीं ज़ियादा तुम्हारा हक़ है
मुझे ख़बर है
ये कायकाते-बसीत आवाज़ दे रही है

---

1. खुशखुबरी
2. फैली हुयी दुनिया
3. जिसका ओर-छोर न हो
4. शोक गीत

ये कहकशाएँ बुला रही हैं
नये उफ़क़ के तुलूऊ-होते हुए किनारे
नये जहानों के हैं इशारे
नये ज़मानों के इस्तआरे
मुझे यकीं है
ये आगही का सफ़र मुससल है और रहेगा
तलाशे-सय्यारगाँ[1] की कोशिश बुरी नहीं है
ख़ला[2] भी आबाद ही रहेगा
मगर मेरी जाँ
जो मुझसे सरज़द हुई है तुम वह ख़ता न करना
ज़मीं, ज़मीं है
तलाशे-सय्यारगाँ से पहले
ज़मीं की बाबत
ज़रा तसल्ली से सोच लेना

1. ग्रहों की खोज
2. शून्य।

और चुप है लहू

मेहूरबाँ शहूर में
बेअमाँ शहूर में
रात ख़ामोश है
दर्द का चाँद घटता दिखाई न दे
जुज़ फ़ोगाँ कोई आहट सुनाई न दे
रास्ते खूँफ़िशाँ
गुँग हैं क़हक़हों से भरी खिड़कियाँ
हम तो सुनते चले आए थे मेरी जाँ
बोलता है ज़रूर आस्तीं का लहू
पर ये साबित हुआ
हम जो सुनते चले आए हैं झूठ था
यह लहू
कू-ब-कू
दायरा-दायरा फैलता चार सू
नींद में मुस्कराते हुए
मेरे बच्चे के गहूवारए-जाँ तलक आ गया
याँ तलक आ गया
जिन छतों पर मुहब्बत के उजले परन्दे सुखाते थे पर
उड़ रहे हैं वहाँ
चुनरियों की जगह नफ़रतों के अलम[1]
अहूदो-पैमान की तितलियाँ सब फ़ना हो गयीं

---

1. झंडा

जाने क्या हो गयीं
दीद[1] है मुन्तज़िर अँखड़ियों की जगह
झाँकती है तो बस
रोज़नों[2] से ये बन्दूक़ की नालियाँ
रास्ता देखती माँए दहलीज पर
अपने बेटों की जा
चूमती हैं जनाज़ों की पेशानियाँ
कौन सी लहर है
कौन सा क़हर है
ज़िन्दगी से छलकते हुए शहर को
यह बहाए लिए जा रहा है कहाँ
मैं भी ख़ामोश हूँ
तुम भी खामोश हो
साथियो, दोस्तो
कोई कुछ तो कहो
हर तरफ बोलता है फ़क़त हाव-हू[3]
और चुप है लहू

---

1. देखना
2. रोशनदान
3. दर्द और कराहने की आवाज़।

○

दिल और यादों की बारिश मौसम की पहली बारिश।
गाँव-घरौं दे सूने हैं खेल के तोड़ गयी बारिश।
कब आँखों की प्यास बुझी खुल के कब बरसी बारिश।
उसके रूख्सत होते ही टूट के बरसे भी बारिश।
उसके लह्जे की नरमी धीमी-धीमी सी बारिश।
लो फिर आँखें धुँधलाई लो फिर तेज़ हुई बारिश।
वो जो गया तो अबके साथ मेरे घर ठहरी बारिश।
देख तो यह है आज की रात उसने नहीं देखी बारिश।

○

दिल ने इक जश्न मनाया कल रात
याद कोई बहुत आया कल रात।

दूर तक चाँद की सूरत हमराह
तू था या वह तेरा साया कल रात।

चश्मे-गिरिया ने तो हद ही कर दी
किस क़दर हश्र उठाया कल रात।

तेरी खुशबू की पिज़ीराई में
चाँद ने गीत सुनाया कल रात।

नींद ने नींद की सौग़ातें दीं
ख़्वाब ने ख़्वाब दिखाया कल रात।

○

तुम से भी बात-चीत हो दिल से भी गुफ़्तगू रहे
ख़्वाबो-ख़बर का सिलसिला यूँ ही कभू-कभू रहे।

दर्द भी हाथ थाम ले, ज़ख़्म भी बोलने लगें
यानी नेहाले-शाखें-ग़म[1] ऐसी ही बानुमू रहे।

इश्क़ में एहतियात ही गोया है पासे-वज़्ए-इश्क़
चाक हो सद हज़ार और दामने-दिल रफ़ू रहे।

तू जो नहीं तो मैं नहीं, मैं जो नहीं तो तू कहाँ
दोनों तरह की बात एक मैं रहूँ या कि तू रहे।

और मताए-जानो-दिल कुछ भी न मुझको चाहिए
सीने में इक चिराग-सा आँख में इक लहू रहे।

एक चिराग हँस पड़ा ताक़ में एहितयात से
और हवा सहम गयी, फूल की आबरु रहे।

एक लकीर रो पड़ी दोनों हथेलियों के बीच
रंगे-हिना छिपा गया हाथ लहू-लहू रहे।

1. दुःख के पौदे की डाली

○

चेहरे जब आईना होते हैं
पत्थर भी तो यकजा होते हैं।
कुछ ज़ंजीरों की झनकारों से
ज़िन्दानों के दर वा होते हैं।
दीवारें ऊँची हो जाती हैं
मैं और तुम जब तन्हा होते हैं।
यह आईना कौन समेटेगा
हम भी रेज़ा-रेज़ा होते हैं।
जो आँखें पत्थर दिखलाई दें
उन आँखों में दरिया होते हैं।
इन आबाद मकानों के पीछे
तन्हाई के सहरा होते हैं।
जंगल-जंगल काँटे चुनते हाथ
मौसम से बे-परवा होते हैं।

○

रात हुई क्या जल-थल बारिश   धो गयी साया काजल बारिश।
मैं हूँ धरती बंजर प्यासी   तुम हो एक मुकम्मल बारिश।
बातें, खुशबू का इक झोंका   लहजा, धीमी कोमल बारिश।
मैं रंगों में भीग गयी हूँ   रोक भी दो पल दो पल बारिश।
शहरो! तुम को देख तो लूँ मैं   ठहर गयी है इक पल बारिश।
इससे पहले देखी होगी   कब तुमने बिन बादल बारिश।
आओ इन आँखों में उतरो   देखो मेरे साँवल बारिश।
मुझमें भी है कोई फ़रिश्ता   लाता है जो बादल बारिश।
सब पर तेरा नाम लिखा है   खुशबू, चाँद, हवा, जल, बारिश।
दो दीवाने नाच रहे हैं   इक मैं और इक पागल बारिश।

○

ख़्वाब में कल यह ख़्वाब आया है
मैंने तुम्हें छूकर देखा है।
मैं परबत से फिसल गयी हूँ
तुमने बढ़कर थाम लिया है।
मुझमें एक घना जंगल है
उस जंगल में इक कुटिया है।
उस कुटिया में इक जोगी है
उस जोगी की अजब कथा है।
गले में है सदियों की माला
हाथों में धरती-प्याला है।
प्याले में जीवन अमृत है
वह अमृत, जो मैंने पिया है।
मैं उसके चरनों में बैठी
और आकाश मुझे तकता हैं।
उड़ने को पर तोल रही हूँ
लेकिन बाहर तेज़ हवा है।
धरती मुझको रोक रही है
परबत मुझको खींच रहा है।
अपना आप तमाशा हूँ मैं
देखना है अब क्या होता है।

○

लहू में आग, क़लम में लहू चमकता है
वो कुछ तो है जो तहे-आब-जू[1] चमकता है

ये किसकी प्यास ने सहरा से दोस्ती कर ली
ज़मीं की माँग में आबे-वज़ू[2] चमकता है।

बहारे-लाला है या क़तरा-हाए ख़ूँ[3] ऐ दश्त
ये शाख़े-गुल है कि ज़ख़्म-गुलू[4] चमकता है।

अजीब वज़्अ की ये लड़कियाँ हैं कम ओमेज़[5]
बस इक सितारा है जो रुबरु चमकता है।

बरहना पाँव, फटी ओढ़नी हया से लाल
ये वह गुलाब है जो बेनुमू चमकता है।

वो गुफ़्तगू जो फ़क़त ज़ेरे-लब ही मुमकिन है
वो आइना जो पसे-रंगो-बू चमकता है।

---

1. नदी की तह में
2. वज़ू का पानी
3. खून के क़तरे
4. गले का ज़ख्म
5. कम मिलना-जुलना।

चाँद का इतना शोर मचा है   अपना चाँद कहाँ निकला है।
अपनी ईद किधर आयी है   अपना फ़ाक़ा कब टूटा है।
अपने बच्चे तो भूखे हैं   अपना मुस्तक़बिल[1] नंगा है।
अपनी झोली तो ख़ाली है   अपना चूल्हा तो ठंडा है।
तुम चाहो तो ईद मना लो   अपना हर दिन आशूरा[2] है।
तुम चाहे मुँह मीठा कर लो   अपना तो कुनबा प्यासा है।
अपने प्यारे मक़्तल में हैं   अपना हर ख़ेमा जलता है।
अपने लिए तो अब हर बस्ती   कूफ़ा है या करबोबला है।
काश सुनाई दे तुमको भी   घर-घर जो मातम बरपा है।
काश दिखाई दे तुमको भी   हर घर एक अज़ाख़ाना है।
जंग, जिहालत, नफ़रत गुरबत   अपनी ईद का यह तोह्फा है।

1. भविष्य
2. मुहर्रम की दसवीं तारीख।

O

क्या-क्या तेवर देख रही हूँ इस आईने में
बेटा भी अब बोल रहा है बाप के लहजे में।

माज़ी या मुस्तक़बिल में रहने वाले हम लोग
आज से भी महरुम रहे कल के अन्देशे में।

क्या लाज़िम है यह पूँजी मैं बेटी को भी दूँ
जो दुख मुझे मिले थे अपनी माँ से विरसे में।

जाने किसका रस्ता तकते-तकते डूब गयीं
झील सी दो झिलमिल-झिलमिल आँखें दरवाज़े में

दुख की आँधी में भी है यह फूल नगर आबाद
रोशनी तो रहती है मेरे बन्द दरीचे में।

○

इक ठंढा-मीठा दरिया है
जो मेरे अन्दर बहता है।
एक बहुत बूढ़ा बरगद है
दूर तलक जिसकी छाया है।
एक किनारे पर बस्ती है
जिसका हर रस्ता उजला है।
एक-इक खिड़की फूलों वाली
हर चौखट पर एक दिया है।
दरवाज़ों में ख़्वाब सजे हैं
और रस्तों में नर्म हवा है।
इक नन्हा-मुन्ना आँगन है
आँगन में तारा उतरा है।
इक धीमी-धीमी खूशबू है
जैसे ताज़ा फूल खिला है।
धरती मुझमें नाच रही है
और आकाश खड़ा तकता है।

○

बिस्तर, धूल और खुशबू वही पुरानी है
इस कमरे की अपनी एक कहानी है।

मुद्दत बाद कहीं सन्नाटा बोला है
यह आहट कितनी जानी-पहचानी है।

दो जलती-बुझती आँखें और मैं और तुम
बचपन है और रात है और कहानी है।

सैर कराए रोज़ इक उड़न खटोले में
याद भी जैसे मेरी बूढ़ी नानी है।

ख़ुद को मैंने क़ैद किया है कमरे में
मैंने ही खिड़की पर चादर तानी है।

आँख पे पट्टी बाँध के भी चल सकती है
बेटी मेरी मुझसे बहुत सियानी है।

चिड़ियों को तो शोर मचाना आता है
पेड़ को लेकिन अपनी रीत निभानी है।

बच्चों से तो हमको शिकवा रहता है
आगे किसने बात बड़ों की मानी है।

दरिया है तो इक दिन रस्ता बदलेगा
कब दरिया ने बात किसी की मानी है।

उन रस्तों का अपना एक अन्दाज़ा है
उन गलियों की अपनी एक निशानी है।

अब यह दिल भी कितना बोझ सहारेगा
मान भी जाओ कश्ती बहुत पुरानी है।

मौसम शायद आख़िरी हिचकी लेता है
ये जो लहू के दरिया में तोग़ियानी है।

सर टकराता रहता है दीवारों से
मेरे अन्दर भी कोई ज़िन्दानी है।

इश्क़ में हमने क्या खोया और क्या पाया
मत पूछो प्यारे क़िस्सा तूलानी है।

शाम के साथ न जाना तन्हा मेले में
खो जाओगे शाम बहुत सैलानी है।

आग बचाकर रखना अपने हिस्से की
आने वाली रात बड़ी बरफ़ानी है।

तेरी ख़ातिर कितना ख़ुद को बदल दिया
अपने ऊपर मुझको भी हैरानी है।

रात थकन से चूर थी, नींद उठा के ले गयी
और तरह के ख़्वाब में मुझको जगा के ले गयी।

दिल था कि ताक़े-जिस्म में नूर की एक बूँद थी
वक़्त की पुर-हवस हवा हाथ बढ़ा के ले गयी।

फूल खिले ही रह गये, पेड़ खड़े ही रह गये
एक लहू की लहर बस रंग चुरा के ले गयी।

काँच की थी कलाइयाँ, टूट गयीं, जभी क़ज़ा
रोशनियों की चूड़ियाँ आँख बचा के ले गयी।

हिजरते-फ़स्ले-गुल कहीं जाती थी दश्त को मगर
एक हमीं मिले जिसे घर से बुला के ले गयी।

चाँद ने आँख पोंछ दी, फूल ने धूल झाड़ दी
वक्त की दाश्ता उसे कैसे मना के ले गयी।

इश्क ने भी न कुछ कहा, वस्ल भी चुप खड़ा रहा
फिर ये हुआ कि रख़्शे-उम्र[1] अक़्ल उड़ा के ले गया

1. उम्र का घोड़ा।

धूप उठाली मैंने अपने हिस्से की
भर ली थाली मैंने अपने हिस्से की।

उसकी आँखों में ख़्वाबों का जंगल था
नींद चुरा ली मैंने अपने हिस्से की।

जब भी अँधेरा होते देखा बस्ती में
आग जला ली मैंने अपने हिस्से की।

उसके हिस्से का जीवन तो दान किया
उम्र बचा ली मैंने अपने हिस्से की।

मसनद पर झगड़ा था, लो यह मसनद भी
कर दी ख़ाली मैंने अपने हिस्से की।

भीड़ बहुत थी बने-बनाये रस्तों में
राह निकाली मैंने अपने हिस्से की।

कर रक्खी है आने वाले दिनों के नाम
रूत हरियाली मैंने अपने हिस्से की।

रहती हूँ जो मैं डरी-डरी सी   है मुझमें कोई कमी सी
फूलों से लदी हुई ये टहनी   खुद अपने ही बोझ से झुकी सी
आँखों में रुकी हुई सी बरसात   होंठों पे धनक जमी हुई सी
अब देखते हो कि जल चुकी जब   यह बेल भी थी हरी-भरी सी
तुम आये कि घर में चाँद उतरा   है बाम पे एक रोशनी सी
आवाज़ कोई बहुत दिनों बाद   कानों को लगी भली-भली सी
जैसे कोई दिन ढला-ढलाया   जैसे कोई शाम मलगुजी सी
वह रात का चम्पई अँधेरा   वह सुब्ह की नर्म रोशनी सी
होठों पे ख़फ़ीफ़ सा तबस्सुम   बातों में लतीफ़ चाश्नी सी
मैं छूके उन्हें दहक उठी हूँ   पोरें थी कि लौ चिराग़ की सी
सीने में दबी हुई कोई याद   जाड़ों की उदास चाँदनी सी
कल रात सुनी है मैंने खुद में   आवाज़ बहुत ही दूर की सी
इक शोर बहुत दबा-दबा सा   इक चीख़ बहुत घुटी-घुटी सी
जैसे जलते हुए मकाँ पर   बारिश की झड़ी लगी हुई सी।

पहले साल का तोहफ़ा

सुनो!
तुमने मुझे तकमील का एहासास बख़्शा है
कि तुम इस जिस्म में पहली तमन्ना का शिगूफ़ा हो
मगर यूँ है कि मेरी कोख में किलकारियों की करवटों से क़ब्ल
अन्देशे की कोंपल फूट निकली है
मैं अक्सर सोचती थी यह अकेला घर कभी आबाद भी होगा?
मैं उस अनदेखे मेहमाँ की पिज़ीराई[1] में क्या-क्या ख़्वाब भेजूँगी।
मैं ताक़े-जाँ में कैसे-कैसे गुल-बूटे सजाऊँगी।
मैं उसकी एक-इक जुंबिश पे इज़हारो-बयाँ के सब दरीचे खोलकर
सावन के बादल की तरह
हर रंग में पागल हवा के साथ हर सू फैल जाऊँगी
मैं यह भी भूल जाऊँगी
कि इस इक बूँद भर रिश्ते के पीछे उम्र भर की संगसारी ही मुक़द्दर है
मैं यह भी भूल जाऊँगी
कि इस होने की लज़्ज़त....
और ज़िल्लत ने मुझे क्या-क्या रुलाया है
मैं यह भी भूल जाना चाहती थी
कि मैं इस ज़ब्र के साये में पलकर
कैसे अन्देशों की चादर ओढ़कर दहलीज़ उतरी थी
कि मैंने ख़ुद को
बचपन और जवानी के गुनाहों की हज़ारों लज़्ज़तों से

---

1. सेवा

किस तरह महरूम रक्खा है
मेरी जाँ मैं ये सब कुछ भूल जाना चाहती थी
मैं तेरी नन्हीं-नन्हीं उँगलियों का लम्स[1] पाकर रक़्स कर उठती
तेरी किलकारियों को सोचकर तन्हाई में हौले से मुस्काती
मगर यूँ है कि मेरे चार सू जो हश्र बरपा है
बस इक ख़ामोश मातम एक बेआवाज़ नाला है
मैं आँखें मूँदना चाहूँ तो ये किलकारियाँ
भूखे, बिलखते दर्द से बेहाल बच्चे की कराहों में
बदल जाती हैं पल भर में
मेरी मुस्कान ढल जाती है
तन्हा दर्द की मारी
थकी-हारी हुई औरत की आहों में
थकी हारी हुई औरत कि जिसकी सर्द बाहों में
अपाहिज दिल सिसकता है
मुसलसल ख़ाना-जंगी, क़हत-साली, भूख, गुरबत और वबाएँ[3]
जिसके दरवाज़े पे दस्तक दे रही हैं
जिहालत और नफ़रत सरहदों की पासबानी कर रही हैं
जहाँ खेतों में बस बारुद उगता है
सरों पर ताबकारी धूप की चादर तनी है
थकी-हारी हुई औरत जो मल्बे पर खड़ी फ़रियाद करती है
ये किन आबादियों को याद करती है
मैं आँखें मूँदना चाहूँ तो यह मंज़र रूलाता है
मेरी जाँ
इस घड़ी तू जिस भी पहलू कसमसाता है
मेरा दिल हौल खाता है
मेरे चारों तरफ इक खुद-फ़रामोशी[4] का जंगल है
ग़नीम[5] आँखें जमाए और हवाए–शौक़ पागल है

---

1. स्पर्श, 2. बीमारियाँ, 3. अपने आप को भूलना, 4. शत्रु।

उसने हम्द लिक्खी है

इस क़दर हँसीं चेहरा
इस क़दर हसीं आँखें
ये गुलाब से रुख़्सार[2]
पल में तमतमा उट्ठें
पल में जगमगा उट्ठें
पँखुड़ी से नाज़ुक लब
आप ही बिसोरें और
आप मुस्करा उट्ठें
मुझको याद आता है
जब तुम्हारी किलकारी
गूँजती थी कमरों में
जब तुम्हारी गुलकारी
फैलती थी बिस्तर पर
शब को जब जगाते थे
दिन को जब थकाते थे
ऐसी हुक्मरानी पर
मेरी जान जलती थी
और ऐसे लम्हें में
तुम हँसी उड़ाते थे
क़हक़हे लगाते थे
किसने यह सिखाए सब

---

1. ईश्वर की प्रशंसा
2. गाल

नाज़ और अदा तुमको
तुम तो सादा काग़ज थे
तुमको मैंने जब पाया
तुमको मैंने जब देखा
और जिस घड़ी चूमा
क्या अजीब लम्हा था
तुम तो आँखें मूँदे थे
और जब खुलीं आँखें
हैरती था आईना
मुँह तका ही करता था
बस ख़ामोश जिस-तिस का
फिर जो लब हुए गोया
कुछ यक़ीन आता था
सब करश्मा-साज़ी है
एक अन्धे कीड़े की
या ज़रा सी मेहनत है
उस भली कुम्हारिन की
जिसके बन्द आँवे में
कुछ ख़बर नहीं क्या है
आग है कि पानी है
फूल है कि चेहरा है
हाँ सुना ये था मैंने
अर्श से फ़रिश्ता इक
आके बत्ने-मादर[1] में
ढालता है खद्दो-ख़ाल[2]
नन्हें-नन्हें आज़ा[3] पर
नक़्श से बनाता है
उस हसीन साअत में

---

1. माँ का पेट
2. चेहरा-मोहरा
3. शरीर के हिस्से

जिसको जितनी फ़ुरसत हो
जैसी इस्तताअत हो
वो हुनर दिखता है
सो यक़ीन है मेरा
जिस अज़ीम साअत में
मेह्रबाँ फ़रिश्ते ने
तुमको मुझमें ढाला है
उस बलीग़[1] साअत में
उसने शायरी की है
उसने हम्द लिक्खी है

1. पूर्ण

O

तुझे पाने का है इतना यक़ीं क्यों
गुमाँ तो दूर तक कोई नहीं है।

उजाला कह रहा है तुम यहाँ थे
यहाँ तो दूर तक कोई नहीं है

है बस इक लामकाँ आबाद मुझमें
मकाँ तो दूर तक कोई नहीं है।

ये दिल जिन बस्तियों में फिर रहा है
वहाँ तो दूर तक कोई नहीं है।

सुना है जल रहे हैं शह्र के शह्र
धुवाँ तो दूर तक कोई नहीं है।

○

वो आज रात भी ख़िल्वत-सरा[1] में आया नहीं
मुझे भी जिद्द थी, सो मैंने दिया बुझाया नहीं।

वो दर्द था कि रगो-पै की जान खिंचती थी
ये जाँ से जाने का मौसम तो फिर भी आया नहीं।

तमाम रात मैं अपनी ही रोशनी में जली
तमाम रात किसी ने मुझे बुझाया नहीं।

बस एक बार उन आँखों में देख पायी थी
फिर उसके बाद कभी आइना उठाया नहीं।

मुहब्बतों में मशक़्क़त बहुत थी, सो तुम ने
मेरे ख़याल से शायद मुझे थकाया नहीं।

हवा ने रात जो ज़ंजीरे-दर हिलाई थी
फिर उसके बाद किसी ने मुझे सताया नहीं।

1. वह जगह जहाँ तन्हाई हो।

○

वह जो यादों की रोशनी सी थी
वह जो आबाद इक गली सी थी।
वह जो इक शहर था समन्दर सा
और समन्दर पे चाँदनी सी थी।
वह जो जंगल था इक किवाड़ों का
और जंगल में ज़िन्दगी सी थी।
वह जो दीवार पीछे मुखड़े थे
और मुखड़ों पे ताज़गी सी थी।
वह जो इक बाढ़ थी गुलाबों की
वह जो खुशबू ढली-ढली सी थी।
वह जो रस्तें में एक कुटिया थी
वह जो बुढ़िया झुकी-झुकी सी थी।
वह जो सूरत पे था नमक उसकी
वह जो बातों में चाश्नी सी थी।
वह जो लड़की थी इक पहेली सी
वह पहेली जो अनकही सी थी।
वह जो कोने पे एक जामुन था
वह जो डाली हरी-भरी सी थी।
वह जो लड़कों की एक गारद थी
वह जो इक फ़ाख़्ता डरी सी थी।
वह जो लड़का था इक छरेहरा सा
और रंगत भी साँवली सी थी।
नाम भी याद है बताए क्या
शक्ल भी याद है भली सी थी।

वह जो इक पेड़ था पुराना सा
पेड़ ऊपर जो इक परी सी थी।
वह जो वीराँ सी एक मस्जिद थी
वह जो दीवार इक गिरी सी थी।
शाहे-जिन्नत जिसमें रहता था
टेढ़ी-मेढ़ी जो इक गली सी थी।
वह जो बूढ़ा था सुर्ख़ आँखों का
वह जो लड़की बुझी-बुझी सी थी।
वह जो बादल सा एक पर्दा था।
एक खिड़की जो अधखुली सी थी।
वह जो काग़ज़ मिला दिलासा था
वह जो चिट्ठी मुड़ी-तुड़ी सी थी।
वह जो थे आँसुओं से बिगड़े हर्फ
रोशनाई उड़ी-उड़ी सी थी।
वह जो आँखें थीं इक सितारा सी
वह जो इक लौ चिराग़ की सी थी।
रात वह हाल पूछने आये
रात मैं भी थकी-थकी सी थी।
मेरी मुट्ठी में एक कागज़ था
और मुट्ठी भिंची हुई सी थी।
पास ख़बरों का एक मलबा था
थी जो तस्वीर, अधजली सी थी।
इक ख़बर थी बहुत अधूरी सी
एक सुर्ख़ी कटी-फटी सी थी।
एख़्तेलाफ़ात ने उजाड़ दिया
वह जो बस्ती भरी-पुरी सी थी।
घर जले हैं हवाओं की शह पर
आतशे-ग़म तो बस युँही सी थी।

तितलियाँ, खुशबुएँ, रंग सब
खा गयी इक बला जंग सब।

ख़्वाब उम्रें, गली, रास्ते
ज़िन्दगी से हैं दिल तंग सब।

गो बहुत एख़्तेलाफ़ात थे
फिर भी रहते तो थे संग सब।

घर से घबराये फिरते हैं जो
यह न जीने के हैं ढंग सब।

दोपहर, नींद, यादें, परन्द
फिर से करने लगे तंग सब।

क्या अगर गुफ़्तगू कम करें
हमको आते तो हैं ढंग सब।

हर्फ़, आँसू, ख़मोशी, सुख़न
उसकी यदों के हैं रंग सब।

यूँ अचानक भरी बज़्म से
तुम उठे, रह गये दंग सब।

ये दुनिया रज़्मगाहे ख़ैरो-शर है
तमाशाए-जहाँ मुफ़्ते-नज़र है।

पसे-आईना भी वह्मे-नज़र है
तो आख़िर कौन है, क्या है, किधर है।

अभी तो मैं इसी तकरार में हूँ
वजूद इक ख़्वाब है या इक ख़बर है।

ख़ला अन्दर ख़ला सौ कायनातें
इन्हीं में इक मेरा मिट्टी का घर है।

वो जिसके खेत हरियाली का परचम
वही जो चाँद-तारों का नगर है।

नसीबे-दुश्मनाँ मैंने सुना है
अब उन गलियों में इस ग़ोग़ाए-शर है।

बलायें घूमती हैं बस्तियों में
वो यादों का नगर अब इक खंडर है।

ख़ुदाया! वह्म हो यह ख़्वाबे-वह्शत
ख़ुदाया झूठ हो, यह जो ख़बर है।

O

इक सैले-बला[1] की भी ख़बर है
जो शह्र-पनाह से उधर है।

ऐ वक्त! वो कौन खुश-ख़बर है
वह जिसकी दुवाओं में असर है।

याँ दर्द की फ़स्ल काटते हैं।
और हाथ में कासए-हुनर है।

आँखों में है धूल आसमाँ की
और दिल में नयी ज़मीं का डर है।

हर गाम अज़ाब-हिजरतें हैं।
हर सम्त मेरा ही मेरा घर है।

ता दूर बस एक मौजे-ख़ूँ-नाब
ता देर बदन में जाँ अगर है।

तारीख़ लगान माँगती है
और अपनी हथेलियों, पे सर है।

---

1. दुखों का तूफ़ान।

छोटा सा मटियाला गाँव, सफ़ेद कबूतर
कड़वी कसैली नीम की छाँव, सफ़ेद कबूतर।

इस बस्ती में ऐसी छतें कहाँ से लाएँ
जिन पर उतरें नँगे पाँव, सफ़ेद कबूतर।

बरकत वाले आँगन, चाहत वाले बच्चे
हाए वो दीवार की छाँव, सफ़ेद कबूतर।

घुँघरु पहने भोली-भाली दो पहरों में
प्यासे मेंहदी वाले पाँव, सफ़ेद कबूतर।

दुनिया शातिर इसकी दिल से कैसे बनती
क्या जाने लड़कों के पाँव सफ़ेद कबूतर।

○

कहवे है दिन न छूइयो मुश्किल ज़मीन है
ऐ ख़ानुमा ख़राब[1] ये क़ातिल ज़मीन है।

हम हिज़रतें पहन के चले थे घरों से पर
रस्तें में माँ की तरह् से हायल ज़मीन है।

ये चाँद डूबता है कि ख़ँजर-ब-दस्त[2] रात
लरज़ाँ है और मद्दे-मुक़ाबिल ज़मीन है।

मौसम तमाम नाज़ो-अदा के हुए तमाम
आराइशे-जमाल[3] से ग़ाफिल ज़मीन है।

जाता है किस तरफ़ को समन्दर—नसीब शह्र
सुनते हैं अब तो चन्द ही मंज़िल ज़मीन है।

---

1. तबाह हाल
2. हाथ में ख़ंजर लिये
3. रूप को सँवारना।

○

पानी में छप-छय्या करती शोर मचाती शाम
जैसे मुझ में ठहर गयी है जल बरसाती शाम।

गीली लकड़ी जैसा जीवन धुवाँ-धुवाँ से ख़्वाब
सावन जैसे धूप-छाँव दिन आग जलाती शाम।

तन्हाई की शाल में लिपटे ऊँचे-ऊचे घर
और गली में नँगें पाँव उधम मचाती शाम।

नँगें पैरों काजल-टीका, तन पर फटी क़मीज़
तेज़ हवा से लड़ते-भिड़ते जश्न मनाती शाम।

उम्मीदें, टूटे-फूटे ताक़ों में हँसते फूल
ख़्वाहिश, सूनी दरगाहों में दिये जलाती शाम।

रेल की पटरी जैसी यादें, उलझे-सुलझे रस्ते
आधी खुली हुयी खिड़की से हाथ हिलाती शाम।

○

ख़ूने-नाहक़ की तरह गलियों में जब बहती है रात
ज़र्रा-ज़र्रा बोलता है और चुप रहती है रात।

पारसाओं के हरम[1] आबाद रखने के लिए
दाश्ताओं[2] की तरह हँस-हँस के दुख सहती है रात।

जब किवाड़ों से हवा सरगोशियाँ करने लगे
तब दिये की लौ से धीरे-धीरे कुछ कहती है रात।

कौन दरवाज़े दबे क़दमों निकल जाता है दिन
कौन सी दहलीज़ पर सर रखके सो रहती है रात।

---

1. घर, जहाँ औरतें रहती हैं
2. रखैलें।

धूप दीवारों से जब बातें करे
घर की वीरानी अजब बातें करे।

दिन तो अपना इक खलंडरा दोस्त है
शब वो हमजोली जो सब बातें करे।

मुझमें इक मासूम सी बच्ची जो है
मुझसे पहरों बेसबब बातें करे।

एक साया आ लगे दीवार से
और दिवाना रोज़ो-शब बातें करे।

कौन समझे चश्मो-अबरु की ज़बाँ
कोई किससे ज़ेरे-लब बातें करे।

सुब्ह उजलत[1], शाम यक गूना[2] थकन
फिर बताओ कोई कब बातें करे।

1. जल्दी
2. ख़ास तरह की।

भर्रा मार के उड़ गयीं चिड़ियाँ
पेड़ मेरे आने से ख़फ़ा है।

ख़याल आइना-ख़ाना दिखाई देता है
कि हर्फ़-हर्फ़ में चेहरा दिखाई देता है।

मैं कि अपने वास्ते भी इस क़दर दुश्वार थी
कितनी आसानी से उसकी दस्तरस में आ गयी।

बहुत है हमें थोड़ी-थोड़ी ग़ज़ल
कहाँ छोड़ती है निगोड़ी ग़ज़ल
ये कमबख़्त क़ालिब बदलती नहीं
बहुत हमने तोड़ी-मरोड़ी ग़ज़ल

कलेण्डर

ध्यान की दीवारों से
गये दिनों की यादें कैसे उतारूँ
इस कलेण्डर में जितनी तस्वीरें हैं
सब मुझको जान से प्यारी हैं

इसमें पहली तस्वीर जो है
ये मेरा सहमा-सहमा खौफ़ज़दा बचपन
जिसके पस-मन्ज़र में जीवन
सौतेली माओं जैसी सफ़्फ़ाकी[1] से मुझको तकता है
महरुमी मेरे गाल मसलकर
रोटी का टुकड़ा देती है
और भूख टहोका देती है।

इसमें दूजी, तस्वीर जो है
यह सब्ज़ लड़कपन की दहलीज़ पे
नँगें पाँव
फटे लबादे
ख़्वाबों की उजली परियों की संगत में
इक बच्ची दौड़ी जाती है
इक ख़्वाहिश उड़ती जाती है
रंगीन गुब्बारों की सूरत
जो हाथ से छुट जाते हैं

1. निर्दयी।

इसमें अगली तस्वीर जो है
यह भोर समय की दूरी पर
इक बस्ती की
जिस बस्ती में
इक आँगन है
जिस आँगन में
इक फूल सदा से खिला हुआ
इक आग मुसलसल रोशन है
वह आग
कि जिसको हिज्र की अंधी रातें भी
कजला न सकीं
वह फूल
कि जिसको दुख की गर्म हवाएँ भी
कुम्हला न सकीं
इन तस्वीरों में ज़िन्दा है
इन तस्वीरों में रोशन है।

रतजगा

वो मेरी ज़िन्दगी का सबसे पहला रतजगा था
जब क़दम रक्खा था मैंने ज़िन्दगी की सातवीं शब में
दिसम्बर की इकत्तीस और उरुजे-माह की वह आख़िरी शब थी

कहा जाता है
उस शब सातवीं आकाश पर तक़्दीर के सच्चे फ़रिश्ते ने
तेरा बन्धन हमेशा के लिए यूँ मुझसे बाँधा था
मेरे माथे पे कुछ अपने क़लम से हर्फ़ लिक्खे थे।

मेरी माँ ने इसी शब
आयतों के साए में
तारों की छाँव में
अकेला चाँद देखा था

मेरे पुरखों के हाथों में
क़लम था एक चाँदी का
जबाँ पर आयतें थीं और हथेली पर
पुरना नुक़रई[1] प्याला

मेरे माथे पे चाँदी के क़लम से उन बुजुर्गों ने
सुनहरी हर्फ़ लिक्खा था
चिराग़ाँ ही चिराग़ाँ था

---

1. सुनहरा।

दिसम्बर की इकत्तीस और उरुजे-माह की फिर आख़िरी शब है

(मगर इमशब)
फ़रिश्ते सो चुके
वह भी जिन्होंने आसमाँ पर तेरा बन्धन मुझसे बाँधा था
मेरे पुरखों को भी नींद आ गयी कब की
(कोई पूछे)
उन्होंने मेरे माथे पर जो उजले हर्फ़ लिक्खे थे
वो सारे रंग कच्चे थे?
वो सारे रंग झूठे थे?

मैं जब से आज तक इक रतजगे की कैफ़ियत में हूँ
अकेला चाँद हँसता है
फ़रिश्तों का लिखा इक हर्फ़ आँखों में चमकता है
चिराग़ाँ ही चिराग़ाँ है।

मेरे पुरखों की पहली दुआ

रात की कोख से
सुब्ह की एक नन्ही किरन ने जनम यूँ लिया
शब ने नन्हीं शफ़क़ की गुलाबी, हसीं मुट्ठियाँ खोलकर
कुछ लकीरें पढ़ीं
और सबसे न मालूम चुपके से क्या कह दिया
यूँकि शबनम की आँखों से आँसू बहे
इक सितारा हँसा
चाँदनी मुस्कराती हुयी चल पड़ी
नक़ाहत[1] से पहलू बदलते हुए
चौंक कर मेरी माँ ने बड़े शौक़ से
कुछ इशारा किया
आहटों और सरगोशियों में किसी ने कहा
आह लड़की है यह?
इतनी अफ़सुर्दा आवाज़ मेरे खुदा
मेरी पहली समाअत[2] पे लिक्खी गई

मेरी पहली ही साँसों में घोला गया
उन शिकस्ता से लहजों का ज़हरीला पन

---

1. कमज़ोरी
2. सुनने की ताक़त

आह लड़की है
लड़की है
लड़की है यह!!!
इसकी क़िस्मत की माँगो दुआ

अब भी मेरी समाअत पे लिक्खी है वह
मेरे पुरखों की पहली दुआ

आसेब[1]

मुझे डराया गया था
बचपन में एक आसेब से
वह आसेब!
जिसका फूलों के बीच घर था
वह शोख़ फूलों की छाँव में पलने वाली खुशबू का हम सफ़र था
मुझे डराया गया था--लेकिन

तवील गर्मी की हर सुहानी सी दोपहर को
मैं अपनी माँ की नज़र बचाकर
गुलाबी नींदों की रेशमी उँगलियाँ छुड़ाकर
दहकते फूलों के दरमियाँ खेलती थी पहरों

अजीब दिन थे
कि उन दिनों में
दहकते फूलों के बीच खुशबू के हम सफ़र से
मेरी मुलाक़ात जब हुई थी
मैं डर गई थी
कि मुझमें बचपन से अजनबी खौफ़ पल रहा था
मुझे भी आसेब हो गया था

---

1. जिन, भूत, देव

मगर ये आसेब!
अब तो मुझमें उतर रहा है
हसीन फूलों के बीच ख़्वाबों के सब्ज़ मौसम में
उसके हाथों में हाथ डाले
मैं खुशबुओं की तरह
हवाओं में उड़ रही हूँ।

प्रणाम

वक़्त का बूढ़ा जोगी आया
और बिना प्रणाम लिए ही लौट गया
शकुन्तला की दोनों आँखें
जब से अब तक पत्थर हैं।

सहेली

मेरी माँ
जब मेरी उँगली थाम के
कच्चे रस्ते से स्कूल मुझे ले जाती थी
उस लम्बे कच्चे रस्ते पर
दूर तलक इक झाड़ी थी
उस झाड़ी में इक मोमी तितली रहती थी
वह तितली मेरी सहेली थी
और ज़र्द-उदास से फूलों की
मेरी ही तरह दीवानी थी।

ताजिर का बेटा

उसके वादे
उसकी क़समें
अपनी जगह पर सच हैं—माना
तेरे लिए इन्जीले-वफ़ा की आयत हैं
सच्चाई की क़ीमत हैं
तेरा उन पर इतना ही ईमान रहा है
जितना फूल का ख़ुशबू पर
तेरा उनसे इतना ही गहरा रिश्ता है
जितना चाँद-समन्दर का
अच्छी लड़की
सब कुछ सच है
लेकिन तू यह भूल रही है
वह ताजिर का बेटा है।

जायज़ दुश्मन

मेरी उँगली थाम के पहली बार
ज़मीं पर
जिसने मुझे पैरों चलना सिखलाया था
वह भी तो इक मर्द ही था।

बस फ़र्क़ ये है
वो मेरी माँ का वीरा[1] था—और
मेरे बाप का दुश्मन

1. भाई

एक ज़ाती नज़्म

तुमने कभी फ़ुटपाथ पे मीलों पैदल चलते हुए ये सोचा
तुम कितनी कोमल हो
और इस शहर की ज़ालिम धूप तुम्हें झुल्सा देगी

तुमने बस स्टाप पे
धक्के-धक्के खाते, भागते समय कभी ये सोचा
अभी-अभी तुम किस महफ़िल से उठकर आई हो
और तुम्हें कितनी आँखों ने पूजा है

तुमने कभी ये सोचा
तुम लफ़्ज़ों का सरमाया रखती हो
लेकिन इससे भूख नहीं मिटा सकतीं
अब भी तुम्हारी शेल्फ़ में
सब माँगें की किताबें सजी हुई हैं

काग़ज़ का यह क़र्ज़
तुम्हें आसूदा क्या
शर्मिन्दा ही रखता होगा
सोचो
तुम कितनी छोटी-छोटी बातों को तरसती हो
तुमसे अच्छी
हमसाये की वो अनपढ़ लड़की है

जिसके पैरों में
हर रोज़ नए रंगों की नाखुन पॉलिश झिल-मिल करती हैं
जिसके जहेज़ के सन्दूक़ों से ख़ुशबू उठती रहती है
वो जो मैले कपड़ों में भी खिल-खिल करती है।

तबादला

मेरे बचपन के दामन में
तुम्हारें वास्ते शहतूत ही शहतूत हैं
शहतूत तुम ले लो
और अपनी जेब की निमकौलियाँ लाओ मुझे दे दो

पुराने मुहल्ले का वीरान आँगन
मुझे पाके था कितना हैरान आँगन।

ये तहज़ीब को पाँव चलना सिखाएँ
समेटे हैं सदियों का इमकान आँगन।

वो दीवार से झाँकती शोख़ आँखें
वो पहरे पे बूढ़ा निगहबान आँगन।

किसी के लिए पायए-तख़्त है यह
किसी के लिए एक ज़िन्दान आँगन।

सुना, रफ़्ता-रफ़्ता खँडहर हो रहे हैं
वो आबाद गलियाँ, वो गुन्जान आँगन।

किधर जाएँ तहज़ीब की हिजरतों में
ये बूढ़े दरख़्त और ये सुनसान आँगन।

तारीकी भी रोशनीए-जाँ है
मुझको तेरा हाथ ढूँढ़ता है।

बदले न गये मकीन तुमसे
सो तुमने मकाँ बदल दिया है।

बरसों से कबीले रक़्स में हैं
सदियों से अलाव जल रहा है।

तुम लाए हो मुझको क़त्लगह तक
तुमने मुझे रास्ता दिया है।

तुम जिसको अना[1] समझ रहे हो
वह मेरी बक़ा[2] का मसअला है।

रुख़्सत हुआ शहसवार शायद
ख़ेमें में चिराग़ बुझ चुका है।

---

1. अह्‌म
2. ज़िन्दगी।

O

साईं मेरे खेतों पर भी रुत-हरियाली भेजो ना
सुखी परिन्दों की चहकारें गीतों वाली भेजो ना।

एक इक करके पंछी उड़ते जायें और ठिकानों से
भूख उड़े खलियानों में, रुत बाजरे वाली भेजो ना।

चिकने-मुकने आँगन माँगें रोज़ दुआयें परिन्दों की
कभी तो उनकी दुआ सुनो और भरी कुँडाली भेजो ना।

अलगनियों-अलगनियों फैली रंग-बिरंगी अँगियों को
लहरें लेते जिस्म और हँसते मुख की लाली भेजो ना।

सुखी रहें वह हाथ जो डलिया बुनते कभी नहीं थकते
सन्देसा उस माँ को जिसकी आत्मा ख़ाली, भेजो ना।

बजरे दरिया पार ख़ज़ाने अपने ढो ले जाते हैं
सर और तन की जुदा-जुदा अबके रखवाली भेजो ना

साईं रात की रात में बस्ती मक़्तल क्यों बन जाती है
अब जिस रात भी ख़ँजर निकलें आँधी काली भेजो ना।

O

धुन्ध में डूबा रास्ता है
कितनी दूर उजाला है?
किसका हक़ था यह जीवन
किसने इसे बिताया है।
तेरा भी इक वादा था
मेरा भी इक वादा है।
समय के टूटे ताक़ों में
कौन चिराग़ जलाता है।
मेरा तन अँगूर की बेल
तेरी याद इक सहरा है।
दूर दुवारे पर ग्यानी
और आँगन में पहरा है।
सपनों की फुलवारी में
मेरे नाम का काँटा है।
इन फूलों को मत मसलो
बच्चों से घर होता है।
टूटी-फूटी तख़्ती में
वक़्त का धारा बहता है।
रंग-बिरंगे खिलौनों में
मौसम सासें लेता है।
नन्हें-मुन्नें घरौंदों में
तारीख़ों का डेरा है।

○

कपास चुनते हुए हाथ कितने कितने प्यारे लगे
मुझे ज़मीं से मुहब्बत के इस्तआरे लगे।

तमाम रात जो लड़ते रहे थे तूफ़ाँ से
अजीब लोग थे थक-हार कर किनारे लगे।

मुझे तो बाग़ भी महका हुआ अलाव लगा
मुझे तो फूल भी ठहरे हुए शरारे लगे।

वो हम न थे जिसे आँखें निचोड़कर दी थीं
वो तुम न थे जिसे हम अपनी जाँ से प्यारे लगे।

उस एक रात क़यामत की बारिशें टूटीं
मेरी शिकस्ता हवेली पे जब पिचारे लगे।

○

कुछ दिनों से ये हुआ है कि वो मेरा भी नहीं
पर किसी और का हो जाए अब ऐसा भी नहीं।

किर्चियाँ दूर तलक बिखरी हुई हैं दिल की
आइना टूट गया था तो समेटा भी नहीं।

चाँदनी जिससे उतरती थी मेरी आँखों में
वह दरीचा तो कई रोज़ से खुलता भी नहीं।

सोचती हूँ तो यक़ीं अब भी नहीं आता है
एक मुद्दत हुई मैंने उसे देखा भी नहीं।

मेरे मरने की ख़बर उसको भला क्या होगी
ऐसे कालम तो वो अख़बार में पढ़ता भी नहीं।

○

गुमाँ हुआ था मुझे पहले ही बहाव के साथ
ज़मीं भी डूबती जाती है मेरी नाव के साथ।

मेरे वजूद में शब भर वो जश्ने-वह्शत था
क़बीला रक़्स में हो जैसे इक अलाव के साथ।

बहुत भले ही तमन्ना का बचपना तो गया
यही बहुत है गुज़र जाए बस निभाव के साथ।

कहाँ ख़रीद सकेगा मेरा खुलूस तुझे
बदल गया तेरा मेयार तेरे भाव के साथ।

मुहब्बतों का यक़ीं है, न नफ़रतों का गुमाँ
वो मिल रहा है मगर कैसे रख-रखाव के साथ।

○

दिल है या मेले में खोया हुआ बच्चा कोई
जिसको बहला नहीं सकता है खिलौना कोई।

मैं तो जलते हुए ज़ख़्मों के तले रहती हूँ
तूने देखा है कभी धूप का सहरा कोई।

मैं लहू हूँ तो कोई और भी ज़ख़्मी होगा
अपनी दहलीज़ पे फेंको तो न शीशा कोई।

ख्वाहिशें दिल में मचल कर यूँही सो जाती हैं
जैसे अँगनाई में रोता हुआ बच्चा कोई।

ज़ायचे[1] तूने उम्मीदों के बनाए थे मगर
मिट गये हर्फ़, गिरा आँखों से क़तरा कोई।

मेरा घर जिसके दरो-बाम भी मेहमान से थे
काश उस उजड़े हुए घर में न आता कोई।

चाँदनी जब भी उतरती है मेरे आँगन में
खोलता है तेरी यादों का दरीचा कोई।

---

1. जनम कुँडली

दिल कोई फूल नहीं है कि अगर तोड़ दिया
शाख़ पर इससे भी खिल जाएगा अच्छा कोई।

तुम मरे शहर में अफ़कार लिए फिरते हो
सब तो मुफ़लिस हैं ख़रीदेगा यहाँ क्या कोई।

रात तन्हाई के मेले में मेरे साथ था वह
वर्‌ना यूँ घर से निकलता है अकेला कोई।

आफ़रीं दर्द का एहसास मिटा है ऐसे
जैसे बचपन में बनाया था घरौंदा कोई।

मैंने इक हर्फ़ से आगे कभी सोचा ही न था
और वह हर्फ़ लोग़त[1] में तेरी लिक्खा ही न था।

मैंने कहना भी जो चाहा तो बयाँ कर न सकी
मुझमें लफ़्जों को बरतने का सलीक़ा ही न था।

उसने मिलने की रहो-रस्म न की तर्क मगर
मैं ही चुप रह गयी अबके वो अकेला ही न था।

मैं तो शायर मेरी सच्चाई दलीलें माँगे
उसको क्या हो गया वह झूठ तो बोला ही न था।

मैंने इक बूँद जो माँगी तो अजब क़हूत पड़ा
ख़ून बाज़ारों में जैसे कभी बिकता ही न था।

इतने दिन बाद जो आईना उठाया मैंने
इतना देखा! मेरा चेहरा कभी अपना ही न था।

1. शब्द कोश

बिन फुलों के फल

याद है वो दिन
जब हम दोनों
क़ायदा[1] पढ़ने मस्जिद जाया करते थे
गूलर वाले पेड़ के नीचे
सारी दोपहरी खेलते थे
या डाली-डाली बेमक़्सद आवारा घूमा करते थे

मोलवी साहब कहते थे
गूलर में बिन फूलों के फल आते हैं
फूल तो परियाँ रात को चुन ले जाती हैं
और हम-तुम ये फल खाते हैं

फिर हम दोनों को उन परियों से मिलने का शौक़ हुआ था
शायद तुमको याद न हो
मोलवी साहब सच कहते थे

अब वह परियाँ मेरे पास भी आती हैं
रात को मेरी पलकों से
वह मोती चुन ले जाती हैं
और फूल मुझे दे जाती हैं

---

1. वर्णमाला की पहली किताब

पानी की आवाज़

रात के पिछले पहर
दूर वो क़तरा-क़तरा पानी गिरने की आवाज़
पत्थर में इक घाव बनाती
पानी की आवाज़
जैसे मेरी रुह में नन्हें आबी कंकर बरस रहे हों
आँखों के सुनसान रहट पर
यादों के भोले-भाले चौपायों की गर्दिश
कोरे, नए मकान में दीवाली की पहली रस्म
मोलसरी के झुंड में रोशनियों के बच्चे
या दहक़ान की बेटी की मुट्ठी में जुगनू
रात के पिछले पहर
आग लगाती पानी की आवाज़
पत्थर में इक घाव बनाती पानी की आवाज़

ख़्वाब

हवा की दस्तक पर मैं उठी
दरवाज़े तक आई
और उसकी आहट पाकर
उल्टे क़दमों लौट गई।

साथी

ऐ जीवन के प्यारे दुख
मेरे अन्दर दिया जलाना
बुझ मत जाना।

स्वयंवर

पुरानी बातें, पुरानी रस्में पलट रही हैं
तुम उस घड़ी से डरो कि जब तुम भी सर झुकाए
क़तारे-शहज़ादगाँ में बेबस खड़े हो—लेकिन

वो शह्रे उल्फ़त की शाहज़ादी
वो ख़्वाब-यादों के नर्म फूलों पे पाँव रखती
हथेलियों पर गुलाब-ज़ख़्मों की सुर्ख़ कलियों का
हार लेकर
तमामतर हुस्नो-तमकनत से
क़तारे-शहज़ादगाने-शह्रे-वफ़ा की जानिब बढ़े तो—लेकिन

तुम्हारे आगे से ऐसे गुज़रे
तुम्हारी आँखें
सवाल करना भी भूल जाएँ
तुम उस घड़ी से डरो कि जिस दम

वो शह्रे उल्फ़त की शाहज़ादी
तुम्हें दिखाकर, तुम्हारे होते
फ़क़ीर राजा को अपनी चाहत का हार पहनाए—और
तुम्हारी ये खुश्क आँखें
सवाल करना भी भूल जाएँ

आख़िरी ख़बर

वो जो अपने पिछवाड़े इक बेरी थी
सारी दोपहरी
लड़के उसके गिर्द इकट्ठा रहते थे
और पत्थर मारा करते थे

इतने पत्थर
इतने पत्थर
सब आँगन भर जाता था
बेरी ज़ख़्मी हो जाती थी
शाखें लहू-लुहान कराहती रहती थीं
पत्थर मारने वाले लड़कों में तुम आगे होते थे
और दोपहरें
एक ज़रा अच्छी कट जाया करती थीं
ये तो ख़ैर
भूली-बिसरी बातें थीं
कल वो बेरी अम्मा ने कटवा दी है
मुझको तो कुछ इतना ज़्यादा ग़म भी नहीं है
मैं भी अपने आप से कटकर
आख़िर ज़िन्दा हूँ कि नहीं।

जाने क्या आसेब था, पत्थर आते थे
रात गये कुछ साये छत पर आते थे।

सुब्ह वो क्यारी फूलों से भर जाती थी
तुम जिसकी बेलों में छिपकर आते थे।

मैं जिस रस्ते पर निकली उस रस्ते में
सह्राओं के बीच समन्दर आते थे।

चाँद की धीमी-धीमी चाप उभरते ही
सारे सपने फूल पहनकर आते थे।

उससे मेरी रुह में उतरा ही न गया
रस्ते में दो गह्रे सागर आते थे।

ख़्वाबों के याक़ूत से पोरें ज़ख़्मी हैं
रास मुझे कब ऐसे ज़ेवर आते थे।

○

दूर-दूर सह्रा है
और दिल अकेला है।
लफ़्ज़-लफ़्ज़ पत्थर हैं
ज़ख्म-ज़ख्म रिसता है।
कोहे-जाँ उठाए हूँ
बोझ मेरा अपना है।
ज़र्द-ग़र्द हैं कलियाँ
और बाग़ महका है।
दिन को मत कहो क़िस्से
कोई राह भूला है।
क्यों खामोश है सब्ज़ा
ज़हर पी के सोया है।
मदरसे की ईंटों पर
सब कुछ अब भी लिक्खा है।

मेरा वजूद तो मिट्टी का इक घरौंदा है
मेरा ज़मीर घरौंदे में इक दिया सा है।

इसे कुरेद के देखो तो शहर निकलेगा
तुम्हारे सामने ये रेत का जो टीला है।

वो हिन्दसा ये नहीं जिसको कोई पढ़ न सके
खुली किताब की मानिन्द मेरा चेहरा है।

फिर ऐसा कैफ़ का लम्हा न मिल सका मुझको
ये वक़्त जो कि तेरी जुस्तजू में गुज़रा है।

ये मेरे दिल की सदाओं की बाज़गश्त[1] है या
कहीं करीब से उसने मुझे पुकारा है।

तुम्हारे पास तो लम्हा नहीं हमारे लिए
हमारे साथ कई साअतें का सहरा है।

1. प्रतिध्वनि।

मुझे शरीके-बहाराँ किया तो ठहरो भी
मैं अपने ख़ूँ में नहाकर ज़रा निखर जाऊँ।

शहज़ादी चल ख़ल्क़ तेरा रस्ता तकती है
बीत चुके हैं कठिन बरस बनबासों वाले।

अकेले घर में भरी दोपहर का सन्नाटा
वही सुकून, वही उम्र भर का सन्नाटा।

मेरे हरे-भरे खेतों पर
कैसी उदासी टूट पड़ी है

भरी हुई फूलों की थाली
पेड़ के हाथ से छूट पड़ी है।

○

कहाँ से लाऊँ गये दिनों की उदास ख़ुशबू
बिछड़ते मौसम की भीगी-भीगी उदास ख़ुशबू।

वो बिखरी-बिखरी सी क्यारियों में सफ़ेद कलियाँ
वो शामे-फ़ुरक़त की पहली-पहली उदास ख़ुशबू।

वो बर्फ जैसे हसीन फूलों का रक़्से-सहरा
वो चाँद जैसी ख़मोश वादी उदास ख़ुशबू।

हमारे मेहनत कशों के चेहरों की तरजुमाँ है
हमारी मिट्टी की सोंधी-सोंधी उदास ख़ुशबू।

वो कच्चे-कच्चे घरों के पस मन्जज़रों में शिकवे
शिकस्ता, बोसीदा छप्परों की उदास ख़ुशबू।

वो मिट्टियों में सनी हिनाई, हसीन पोरें
वो धूप जैसे बदन से उठती उदास ख़ुशबू।

O

दिल का घरौंदा सूना-सूना रहता है
यादों की दोपहर में उजड़ा रहता है।

हम भी किनारे पहरों बैठे रहते हैं
अश्कों का तालाब भी ठहरा रहता है।

धूप तो मुझको बेहद अच्छी लगती है
ज़ख़्म का सूरज दिल में जलता रहता है।

दश्ते-वफ़ा में साया तेरी यादों का
अब तक मेरे साथ भटकता रहता है।

अबके बरस तो उम्मीदों की क्यारी में
फूल भी तितली बनके उड़ता रहता है।

पूछूँ भी ताबीर तो आख़िर क्या पूछूँ
मेरा तो हर ख़्वाब अधूरा रहता है।

○

अबके दरिया क्या उतरा
मौसम का चेहरा उतरा।
नींद से भी जी डरता है
आँख लगी सपना उतरा।
मुझ पर तेरी यादों का
आज सहीफ़ा सा उतरा।
आँखें खुलकर कब बरसीं
बोझ कहाँ दिल का उतरा।
इतने प्यासे ख़ित्तों पर
अब्र का इक टुकड़ा उतरा।
रात गए तकिये पे मेरे
एक सितारा सा उतरा।

○

बहुत सितम रवा नहीं ये दिल है करबला नहीं
बहार जिसके साथ थी वो शख़्स अब मरा नहीं
ये दिल किसी का घर नहीं ये सर कहीं झुका नहीं
अब उसको देखने का भी नज़र को हौसला नहीं
जला किया ये शहरे–जाँ धुआँ मगर उठा नहीं
मैं उस पे क्या अयाँ करूँ कि जिससे कुछ छिपा नहीं
जिसे मैं अपना कह सकूँ वो दर्द भी मेरा नहीं
अभी से तुझको क्या हुआ अभी तो वह गया नहीं
ये क्या बहार आई है कि ज़ख़्म तक हरा नहीं

हम अश्क बेचते नहीं
वो ग़म ख़रीदता नहीं।

○

झाड़ी, झरना, झील, कँवल
पूरा चाँद चमकता जल।

चैन, मुहब्बत, ठंडक, छाँव
भीगी शाम, हरा जंगल।

धूप के आगे बिखरा जाए
बूढ़ा जज़्बाती बादल।

गाँव, कुवाँ, झूले, बाग़ात
सावन, गीत, धनक आँचल।

टुकड़े-टुकड़े क़ैस का घर
बस्ती की बस्ती पागल।

मैं जागी तो फैल गया
रात की आँखों में काजल।

मैं कि एक क़त्ए-ज़मीन[1]

अज़ल के दिन
ख़ुदा ने जिसको जोत कर हरा किया

यहाँ तलक
कि फिर वो बार वर[2] हुई
जवाँ हुई

ख़ुदा का लम्स हिज्र था
ख़ुदा के होठ आग थे

ये आग बोसा होते-होते
प्यास में बदल गई

1. ज़मीन का टुकड़ा
2. फलदार

तीन सवाल

लफ़्ज़ों, ख्वाबों, आदर्शों की शहज़ादी के तीन सवाल
जिनकी खोज में एक मुसाफ़िर
अपना आप गवाँकर
शह्रों-शह्रों फिरता
शाम मेरी दहलीज़ पे ठह्रा

वह कहता था
मेरे होठों की रेखाएँ
और मेरी आँखों की लहरें
उसकी शहज़ादी के सवालों जैसी हैं
उसने मुझसे
एक दिये और पैराहान[1] का सवाल किया
उसने मुझसे पानी माँगा
कोरे सोंधे प्याले की खुशबू सूँघी
और तोड़ दिया
दिये की नर्म लवों को चूमा
बुझा दिया
पीले फूलों का पैराहन
नयन-दिये और होंठ-कटोरे
सुबह मेरी दहलीज़ पे सब कुछ बिखरा था

---

1. वस्त्र

हव्वा की बेटी का पहला दुख

रातों को
जब हमसोये के घर से
बच्चे के रोने की आवाज़ें आती हैं
तो मेरी आँखें भीगने लगती हैं
और मेरे अन्दर
इक भूखा एहसास हुड़कने लगता है।

तब मेरी मरयमीयत उसको बहलाती है
और मेरे अन्दर की सारा
इन प्यासी आशाओं के लिए
कहीं सागर ढूँढ़ने जाती है
मुझे अपनी माँ याद आती है।

एक मुश्तरका[1] नज़्म

वह नज़्म जो मैंने तुम पे लिखी
वह शेर जो मैंने पलकों से दिल्-काग़ज़ पर तहरीर किया
वह नज़्म जो तुमने मुझ पे लिखी
जो बूँद बराबर रिश्ते से नम मिट्टी में परवान चढ़ी
वह नज़्म हमारी बाँहों में
जब बाँहें डाल के हँसती है
वह शेर तुम्हारे क़दमों से
जब क़दम मिलाकर चलता है
मैं सोचती हूँ इस धरती पर
हम दोनों जैसा शायर कोई और नहीं

1. साझे की।

नज़राना

ऐ हसीन फ़नकारा
ऐ अज़ीम फ़नकारा
तेरे शाहकारों पर
जब नज़र गयी मेरी
मेरे जी में आया है
तेरे जख़्म पोरों को
तेरे फूल हाथों को
नज़्र कर दूँ अपना फ़न
धूप-उँगलियाँ तेरी
जब कपास चुनती हों
जब लिबास बुनती हों
उनको चूम लूँ आकर

○

तितली तेरे प्यारे रंग
कच्चे निकले सारे रंग।
उन आँखों ने आँचल पर
सारी रात उतारे रंग।
मुट्ठी-मुट्ठी ख़ाक हुए
कैसे प्यारे-प्यारे रंग।
पानी के इक क़तरे में
तूने खूब गुज़ारे रंग।
रात खला में डूब गए
खुशबू, चाँद, नज़ारे रंग।
अबकी बाढ़ ने धो डाले
धरती तेरे कुँवारे रंग।
मैं पलकों से पी लूँगी
तेरी याद के सारे रंग।

○

आँसुओं के रेले में
जुगनुओं के मेले में।
मोम के खिलौने थे
रोशनी के ठेले में।
हिज्र की भी खुशबू थी
चाहतों के बेले में।
हिचकियाँ भी वह निकलीं
क़हक़हों के रेले में।
फूल से कहे तितली
अपना दुख अकेले में
चीख़-चीख़कर रोई
रात मैं अकेले में।

○

उजले चेहरे ख़्वाबों वाले
जैसे कंवल तालाबों वाले।
वहशी जुल्फ़ें, पागल आँखें
मुखड़े ज़र्द गुलाबों वाले।
हमसे बढ़कर दीवाने थे
अगले लोग हिजाबों[1] वाले।
अपनी बातें बहकी-बहकी
उनके काम हिसाबों वाले।
दिल के तक़ाज़े सच्चे-सुथरे
झूठे भेद किताबों वाले।
बेकल रुह बगूलों जैसी
बेजाँ जिस्म सराबों वाले।
आफ़रीं कब तक कहती रहोगी
कोह्ना शेर निसाबों वाले।

1. पर्दों

O

हाथ मेरे हैं, न पत्थर मेरे
सर है किस वास्ते आज़र मेरे।
फ़स्ले-गुल हो गई मुफ़लिस ऐसी
ख़ाली हाथ आई है यह घर मेरे।
अबके बरसात में ऐसी टूटी
तितलियाँ लेके उड़ीं पर मेरे।
लाख पत्थर हूँ, मगर लड़की हूँ
फूल ही फूल हैं अन्दर मेरे।
मैं हूँ सच्चाई के दोराहे पर
कोई पहुँचाए मुझे घर मेरे।
आ कि इन आँखों के हिस्से कर लें
सीपियाँ तेरी हों, गौहर मेरे।

○

अन्दर से टूटी-फूटी हूँ
ऊपर से हँस बोल रही हूँ।
इक आसेबों वाले घर में
सपने रखकर भूल गयी हूँ।
इस ख़ाली होती बस्ती में
किसका रस्ता देख रही हूँ।
जलती-बुझती आँखें लेकर
किसकी आरती को निकली हूँ।
मीरा माँ, मैं वो बैरागन
दान में आँसू ही पाती हूँ।

○

पहरों ख़ुद से बातें करना, फिर ख़ामोशी
बोल उठा दिल का सन्नाटा, फिर ख़ामोशी।

ध्यान-दरीचों में फूलों की क़न्दीलों ने
आग लगाई, जश्न मनाया, फिर ख़ामोशी।

दूर कहीं दो पत्ते खड़के, ख़ुशबू रोई
तन्हाई ने शोर मचाया, फिर ख़ामोशी।

दूर कहीं इक बादल उतरा अँगनाई में
दिल की ओस से बिस्तर भीगा, फिर ख़ामोशी।

रात की दीवारों से उछली दूध की धारा
दूर कहीं इक बालक रोया फिर ख़ामोशी।

○

मैं बहुत टूट चुकी हूँ वो समेटे आकर
इन चमकते हुए रेज़ों को उठाले आकर।

मैंने तन्हाई के जितने भी घरौंदे खींचे
तेरे एहसास की इक मौज मिटा दे आकर।

किस तरफ़ है मेरी मासूम अना का दुश्मन
वो भी रो दे, मुझे इस वक़्त जो देखे आकर।

हाए वो ख़्वाब कि जो क़र्ज़ रहे आँखों पर
हाए वो रंग जो तूने नहीं देखे आकर।

उम्र गुज़री है खिलौने ही सजाते मुझको
कोई तो हो कि उन्हें तोड़ भी डाले आकर।

O

वो क़ुर्ब था कि टूटकर बिखर गयी
बिछड़ गई मैं खुद से दूर तर गयी।

वो लड़की जिसकी आँसुओं से जंग थी
सुना है रात ज़हर खाके मर गयी।

वो नार जिसको शहरियों से प्यार था
तमाम गाँव को उदास कर गयी।

सजल-सजल तेरी नज़र की चाँदनी
मैं पोर-पोर डूबकर निखर गयी।

वो चाँद का फुसूँ लिए हुए बढ़ा
मैं मोतिया थी और बिखर-बिखर गयी।

वो हर तरह से मुजरिमों की सफ़ में है
कि तोहमते-वफ़ा भी उसके सर गयी।

क़बीले वाले सूरमा से क्या कहें
कि बेटी आख़िर अपने आप पर गयी।

दिल को कभी-कभी जाने क्या होने लगता है
जैसे कोई अकेले घर में रोने लगता है।

पहले तेरी याद में कोई आँसू गिरता है
दूर कहीं फिर कोई सपने बोने लगता है।

उन आँखों से जब भी बातें करना चाहूँ मैं
अक्स कहीं आईने में गुम होने लगता है।

बिछड़ गए इक बार बहुत से लोग न जाने क्यों
टूट गए इक साथ बहुत से खिलौने लगता है।

हम से लग न सकी तेरी तस्वीर की भी क़ीमत
लूट लिया बाज़ार को याँ लोगों ने लगता है।

तेरे ध्यान का ज़िद्दी बालक मुझको सोता देख
घुँघरु जैसी आवाजों में रोने लगता है।

O

इस शह्‌रे-कज-कुलाह के आसार देखना
और ख़ुद को बेरिदा सरे-बाज़ार देखना।

वो मेरे बादबान का खुलना हवा के साथ
और मुड़के तेरा जानिबे-रहवार देखना।

अबके लगान कौन उठाने को आएगा
अबके सरों की फ़स्ल है तैयार देखना।

मसनद नशीने-शह्‌रे-ख़राबात कौन हो
किससे सम्भल सकेगी ये दस्तार देखना।

जिसमें ग़रीबे-शह्‌र की बेटी चुनी गयी
ऐ मेरे शह्‌रयार वो दीवार देखना।

मदफ़न

मेरा प्यार
उस बस्ती के नाम
जहाँ मेरे बचपन की नन्ही-मुन्नी यादें सोती हैं
जहाँ मेरी मासूम तमन्नाओं ने घरौंदे खींचे थे
मेरा प्यार
उस ठंडे-गहरे नीलम-तालाब के नाम
जिसकी उजली मिट्टी मेरे खिलौनों के काम आती थी
मेरा प्यार
उस घर के नाम
जिसकी सब्ज़ मुँडेरों पर
मेरे हाथ की रँगी हुई गौरय्या अब भी चहकती होगी
जिसके ताक़ में मेरी नन्ही गुड़िया अब भी सोती होगी
मेरा रस्ता तकती होगी
चुपके-चुपके रोती होगी
मेरा प्यार
उस खेत और खलिहान के नाम
जहाँ मैं चाँदनी रातों को
अक्सर आँख-मिचौली खेला करती थी।
मेरा प्यार
उन उजड़े हुए बाग़ात के नाम
जहाँ बनफ़्शा[2] -रंग शिगूफ़ों और कुसुम के फूलों में–

---

1. कब्र
2. एक बूटी जो तराई से पायी जाती है और नज़ले-जुकाम में काम आती है।

मैं पहरो डोला करती थी
पर फैलाती
चम-चम करती
तीतरियों पर मरती थी
उनका तआक़ुब करती थी
मेरा प्यार
बीते हुए लम्हात के नाम
उन उजड़े बाग़ात के नाम
उन सूने खंडरात के नाम
जो मेरे पुरखों की अना का मदफ़न हैं।

गुलाब और कपास

खेत में काम करती हुई लड़कियाँ
जेठ की चम्पई धूप ने
जिनका सोना-बदन
सुरमई कर दिया
जिनको रातों में ओस और पाले का बिस्तर मिले
दिन का सूरज सरों पर जले।

यह हरे लॉन में
संगे-मरमर के बेंन्चों पे बैठी हुई
उन हसीं औरतों से कहीं ख़ूबसूरत
कहीं मुख़्तलिफ़
जिनके जूड़े में जूही की कलियाँ सजें
जो गुलाब और बेले की खुशबू पियें
और रंगों की हिद्दत से पागल फिरें

खेत में
धूप चुनती हुई लड़कियाँ
नई उम्र की सब्ज़ दहलीज़ पर हैं मगर
आइना तक नहीं देखतीं
ये गुलाब और डेज़ी की हिद्दत से नाआश्ना
ख़ुशबुओं के जवाँ लम्स से बेख़बर
फूल चुनती हैं लेकिन पहनती नहीं

उनके मलबूस में
तेज़ सरसों के फूलों की बास
उनकी आँखों में रोशन कपास

ज़हर

कुएँ की चिकनी सुर्ख़ मुँडेर से
रस्सी खींचते-खींचते उसके बाज़ू शल हो जाते थे
मर्द के पाँव धोने को पानी फिर भी नाकाफ़ी था

डलिया बुनते-बुनते उसके हाथ लहू से भर जाते थे
फिर भी रोटी पूरे पेट न मिलती थी

छप्पर लीपते-लीपते उस पर ढेरों मौसम बीत गये
लेकिन छाँव नहीं देखी

ओढ़नी सीते-सीते उसकी पोरें भी पक जाती थीं
मगर कपास की फ़स्ल से उसने हिस्सा कभी नहीं पाया।

अबके फ़स्ल उठने के बाद
नयी धूप में बैठी वह यह सोच रही है
पकते-पकते पोरों का यह ज़ख्म किसी दिन
सर तक भी आ जायेगा।

बशारत[1]

बाग़ी लड़की
अपनी खोह से बाहर आ
पुश्त से पत्थर लुढ़काने का मौसम बीता

सब्ज़ रुतों ने
दहक़ानों के हाथों पर बैअत कर ली है

ज़र्द पयाल पे सोने वाले
कोई दिन में शेर की खाल पे सोयेंगे

ज़र्द पहाड़ों की निथरी मिट्टी ने सब्ज़ा जनम दिया है
सुर्ख़ मुहब्बत करने वाला सूरज ऊपर जाग रहा है
बर्फ़ पिघलने का मौसम भी कितना प्यारा होता है
सूरमा
अपनी हवेली के मलबे में दबा चिल्लाता है
सर से ऊँचा पानी बाहर नाच रहा है
सारा क़बीला गूँज रहा है

बाग़ी लड़की
अपनी खोह से बाहर आ
और जाती रुत के नज़अ[2] का आलम देख।

---

1. ख्वाब में जताना, देव वाणी
2. जान निकलना

अपने छोटे से मिट्टी के घर के लिए

उस शिकस्ता हवेली के सब बामो-दर
रात तक बैठ जायेंगे
ढह जायेंगे

उसकी कड़ियाँ चटख़ने की आवाज सुनती हूँ मैं
बस वहाँ आख़िरी बार तुम मुझको हो आने दो
तुम नहीं जानते
उस हवेली में मेरा घरौंदा भी है

असासा

एक दारु का पियाला
एक पत्थर की कुँडाली
एक कीकर की बिलौनी
चन्द लकड़ी के खिलौने
एक मिट्टी का दिया
एक हँसिया
एक खुरपी
चन्द गट्ठे घास के
एक कोने में जले ईधन की खाद
रेशमी काँटों की बाढ़
ज़िन्दगी करने को इससे भी ज़ियादा और कुछ?

मैं मुत्मइन हूँ

सुना है
रोज़े—हिसाब
कौनो-मकाँ का मालिक
हर एक बन्दे से रेज़ा-रेज़ा हिसाब लेगा
ज़मीं पे असराफ़[1] हमने जो कुछ किया है
उसका जवाब लेगा

मैं मुतमइन हूँ कि—
मेरा इक एक मूए-तन[2] मेरा साथ देगा

मैं मुतमइन हूँ कि—
मेरा हर तारे-पैरहन खुद जवाब देगा

ये रिज़्क[3] का एक-एक दाना
कपास का एक-एक रेशा
ज़मीन क्या मुझको कर्ज़ देती
ज़मीन कब मुझ पे मेहरबाँ थी
ज़मीम तो मेरी हसरतों का खिराज[4] लेती रही है मुझसे
मैं मुतमइन हूँ

---

1. किसी चीज़ का आवश्यकता से अधिक प्रयोग
2. शरीर के बाल,
3. ख़ूराक, खाना
4. मालगुज़ारी।

मेरा ख़ुदा सब हिसाब लेगा
तो मैं कहूँगी
मुहब्बतों के सिवा कोई क़र्ज़ मैंने अब तक नहीं लिया है
ख़ुदाया मुझसे
मुहब्बतों का हिसाब मत ले
समन्दरों का हिसाब मत ले

○

दीवारों पर साये से लहराते थे
लोग उसकी तस्वीरें देखने आते थे।

उस बस्ती में मुझको भी ले जाना था
जिस बस्ती में चाँद-बदन गहनाते थे।

उस क्यारी में मेरी-तेरी आँखें थी
जिस क्यारी में तारे बोए जाते थे।

फूल, कटोरा, पानी, आँखें और दिए
लोग कहीं वीराने में रख जाते थे।

वह रुत रस्ता भूल गयी जिस रुत में लोग
आँसू पीकर बिरहा-आग नहाते थे।

वहाँ ख़जाने मिट्टी की तहवील में, और
यहाँ लगान हवा को हम पहुँचाते थे।

सुर्ख़ रुतों की आग घरों को आने तक
आँगन पीले पत्तों से भर जाते थे।

○

वह मेरे ख़्वाब-पैरहन छूकर
उठ गया आँख की चुभन छूकर।
फिर वो मानूस खुशबुएँ लौटीं
फिर हवाएँ चलीं बदन छूकर।
ख़्वाब-आँखों में रंग तैर गए
बदलियाँ आ गईं किरन छूकर।
दूर किन पत्थरों पे जा बैठा
वह मेरी रुह की थकन छूकर।
तितलियाँ जंगलों को लौट गयीं
रंगे-फ़ितरत चमन-चमन छूकर।
खाई होगी वही क़सम तूने
फिर किसी ज़ुल्फ़ की शिकन छूकर।

○

एक एहसास कि छूकर गुज़रे
मेरे आँगन से भी पत्थर गुज़रे।
मैं न थी अपने पुराने घर में
तुम तो उस राह से अक्सर गुज़रे।
कुछ नए लोगों से मैं भी तो मिलूँ
हश्च कुछ उसके भी दिल पर गुज़रे।
आँख खोलूँ तो बदन सहरा है
आँख झपकूँ तो समन्दर गुज़रे।
मैंने खींचा है ज़मानों का अज़ाब
तब ये लफ़्जों के पयम्बर गुज़रे।
कूफ़ए-वक़्त के रहने वालो
कोई सर नोके-सिनाँ पर गुज़रे।
है जो सरदार, सरे-दार आए
फ़ैसला वक़्त करे, कर गुज़रे।

आँखों में गुलाब की चुभन भी
खुशबू से अटा हुआ बदन भी।
मलबूस पे चाँदनी की शिकनें[1]
और रुह पे वस्ल की थकन भी।
आँचल पे है अक्स आँसुओं का
रंगों की ज़बान में सुख़न भी।
मक़्तूल मुहब्बतों की क़ब्रें
नज़दीक रक़ाबतों[2] के बन भी।
इन्सान के ख़ूँ की तरह अरज़ाँ[3]
इस शह्र में हुरमते-सुख़न भी।
मैं अपने ही अक्स में मुक़य्यद[4]
आईना, मेरा अधूरापन भी।

1. सिलवटें
2. दुश्मनियाँ
3. सस्ता
4. कैद।

O

शोर बहुत है बन्द दरीचा रहने दो
मुझको मेरे घर में तन्हा रहने दो।

तुम न छुओ रेज़े, ज़ख़्मी हो जाओगे
छोड़ो, मुझको यूँही बिखरा रहने दो।

आओ, ज़रा सी देर को हम हँस-बोल ही लें
तुमको नहीं मन्ज़ूर है, अच्छा रहने दो।

मेरे सूने आँगन बेलें
फैल रही होगी बन बेलें।
रात चमेली तन से लिपटीं
तेरी याद की नागन बेलें।
सब्ज़ मुँडेरें, सुर्ख़ फुवारें
सुन्दर रूप, सुहागन बेलें।
अबके सावन तन्हाई का
ज़हर पियेंगी बिरहन बेलें।
हरे-भरे छप्पर के ऊपर
पीली कलियाँ, कुन्दन बेलें।
साँवली रातों की बाहों में
चाँद ने बाँधीं कँगन बेलें।
यादें चाँद की थाली लेकर
ढूँढ़ने निकलीं चन्दन बेलें।
पागल मौसम, बह्शी उम्रें
हम-तुम दोनों सावन बेलें।

○

बस्ती में चिराग़ के जले तक
वह साथ था घर के रास्ते तक।

पिन्दार[1] की किरचियाँ सलामत
पत्थर का विसाल आइने तक।

शीशे का मकान थीं ये आँखें
आशोबे-बदन[2] के सानहे तक।

पत्थर से लहू कशीद[3] करना
फूलों में नुमूद[4] बाँटने तक।

सब लड़कियाँ कम-सुख़न रहेंगी
बस ख़्वाबों के फूल गूँधने तक।

---

1. घमण्ड
2. बदन की हलचल, तूफ़ान
3. खींचना, निकालना
4. नुमाइश, उभरना।

O

कुसुम के फूल मेरे घर में वह लगा ही गया
ये रंग मेरे दुपट्टे को रास आ ही गया।

तमाम उम्र जो ज़ख्मों पे हाथ रखता रहा
ज़रा सी बात पे वह दिल मेरा दुखा ही गया।

वो इतनी सारी निगाहों की भीड़ से बचकर
मैं जब उदास हुई, मेरे पास आ ही गया।

ज़रा सा सब्र जो आया था वह्शते-दिल को
वो जाते-जाते फिर इक हश्र सा उठा ही गया।

अब एक रिश्तए-बेनाम से उसे पूजूँ
कि पोर-पोर वो पत्थर मुझे बना ही गया

मैं गुल-ब-दस्त[1] थी और सारा शह्र संग-ब-दस्त[2]
भला हुआ मेरी बस्ती से वो चला ही गया।

---

1. हाथ में फूल लिये
2. हाथ में पत्थर लिये।

O

आग़ाज़ किया था मँजिलों से
और लौट रहे हैं रास्तों से।
किस रुत का लगान इनको समझूँ
पाए हैं जो फूल आँधियों से।
देखूँ तेरी याद के किनारे
उठते हुए शोले कश्तियों से।
किस चाँद ने हाथ रख दिया फिर
हैं आँखों के दुख समन्दरों से।
खेतों में जो धूप चुन रहे हैं
ये हाथ बने थे ख़ुशबुओं से।
तकियों पे जो फूल काढ़ती हैं
उन पोरों के ख़्वाब सोज़नों[1] से।
ऐ सुब्हे-तरब गवाही लेना
ताक़ों में बुझे हुए दियों से

---

1. सुई।

गीत

ओ कूकती रुत
कुरलाती रुत
ओ जाती रुत

ये कैसी दुख की हवा चली
जो खा गई मेरा माँस
चुन ले गई तन के पेड़ के
जो हरे-भरे थे पात
और उन फूलों की बास
जिनकी सेवा में बरस-बरस
झेला मैंने बनबास
दो दरियाओं के बीच मुझे
मिली दान में जीवन प्यास

अब ध्यान के नीले परबत पर
बैठी सोचूँ यह बात—
यह कैसी बन्जर रुत आई
जो चाट गई फल-फूल
जो काट गई मेरा रुप-लहू
जो काट गई मेरे हाथ
मेरे दुख का कोई ओर न छोर
मरे साथी-संगी दूर-देस
मेरे रस्ते पड़ गई भोर

अनपढ़ रुतें

अक्खड़ लड़का
अल्हड़ लड़की
दरिया के उस पार-अँधेरी रात
गुलाबी बरखा के मौसम में
प्रेम की अनपढ़ रुतें मनाने आते हैं—और
थकी-थकी मख़्मूर गुलाबी आँखों
लरज़ीदा पलकों से
गुँधें हुए बालों की उमसती खुशबुओं में डूब के
अपने टूटे-टूटे
बहके-बहके
जोशीले से लहजे में जब शायरी करने लगते हैं—तो
खुशबू
चाँदनी
रंग
धनक
सुर
बरखा
पुरवा
ओस सभी
किस हैरत से
इक दूजे को तकते हैं

खेल

मैं भी पत्थर
तुम भी पत्थर
दोनों आमने-सामने
इतने फ़ासले पर इस्तादा[1] हैं
चाहें तो हम छू भी सकते हैं

लेकिन बीच में शीशे की दीवार खड़ी है
इतनी कुर्बत[2] है कि जहाँ हम
रोशनी, रंग और जज़्बे सब पढ़ सकते हैं
लेकिन सदा नहीं सुन सकते
मैं भी पत्थर
सदियों से इस एक डगर पर खड़े-खड़े
उकताहट दोहराते हैं
आओ
हम यह क्यों न करें
इक खेल ही खेलें
पहले दूर चले जाएँ
फिर तेज़ दौड़ते आएँ
और टकरा जाएँ
ताकि ये शीशा रेज़ा-रेज़ा हो जाए
और हमारे टकराने से आग जल उठे
उकताहट कुछ कम तो हो

---

1. खड़े
2. निकटता।

लफ़्ज

लफ़्ज बहुत छोटे होते हैं
लेकिन इन से इक ऐसा नन्हा-मुन्ना सा घर तो बनाया जा सकता है
जो हम दोनों के बसने को काफ़ी हो

लफ़्ज बहुत बिखरे होते हैं
लेकिन उनको जोड़ के एक खिलौना तो बन सकता है
जो इक भूखे बच्चे को बहला ही सके

लफ़्ज बहुत थोड़े होते हैं
लेकिन उनको जोड़-बटोर के
इक छोटी सी आराज़ी तो ख़रीदी जा सकती है
जिसमें सुनहरी ख़्वाब ही काश्त किए जाएँ

लफ़्ज बहुत थोड़े होते हैं
लेकिन उनको जोड़-बटोर के
इक छोटी सी आराज़ी तो ख़रीदी जा सकती है
जिसमें सुनहरी ख़्वाब ही काश्त किए जाएँ
लफ़्ज बहुत मँहगे होते हैं
लेकिन उनको काट-काट कर क़िस्तों पर इक बाजा तो आ सकता है
लफ़्ज तो बा-बरकत होते हैं
दरगाहों की शामों जैसे
मल्लाहों के गीतों जैसे
दहक़ानों के हाथों जैसे
माँ की नेक दुआओं जैसे
बच्चों की आवाज़ों जैसे

हाथ

और वह हाथ सरसराता है
पुश्त से मेरी नर्म ज़ुल्फ़ों तक
गर्म माथे से सर्द होठों तक
सर्द होठों से खुश्क आँखों तक
और आँखों पे ठहर जाता है

मैं अँधेरे में अपनी मय्यत पर
ख़ौफ़ से काँप-काँप जाती हूँ

मैं उजाले में अपनी आँखों के
देर तक ज़ार-ज़ार रोती हूँ
और वह हाथ मुस्कराता है

इन्तज़ार

पिछली तारीख़ों का चाँद
उजले, रेशम, नर्म होबाब से बादल की
चुनरी सरकाए
यूँ निकला है
जैसे यादों के वीरन दरीचों में
गुम-सुम बैठी इक लड़की
कुसुम के फूल से रंगा हुआ दोपट्टा ओढ़े
धुँधलाई आँखों से बिछड़ी रुत का रस्ता देखती हो

कैसा खज़ाना यह तो ज़ादे-सफ़र[1] नहीं रखती
ख़ाना-ब-दोश मुहब्बत कोई घर नहीं रखती।

यादों के बिस्तर पर तेरी खुशबू काढूँ
इसके सिवा तो और मैं कोई हुनर नहीं रखती।

कोई भी आवाज़ उसकी आहट नहीं होती
कोई भी खुशबू उसका पैकर[2] नहीं रखती।

मैं जंगल हूँ और अपनी तन्हाई पर खुश
मेरी जड़ें ज़मीन में हैं कोई डर नहीं रखती।

वो जो लौट भी आया तो क्या दान करूँगी
मैं जो उसके नाम का इक ज़ेवर नहीं रखती।

मीरा माँ! मेरी आग को कोई गुन नहीं आया
उस मूरत को राम करूँ, यह हुनर नहीं रखती।

---

1. यात्रा का सामान
2. आकार।

○

लड़कियाँ माँओं जैसे मुक़द्दर क्यों रखती हैं
तन सहरा और आँख समन्दर क्यों रखती हैं
औरतें अपने दुख की विरासत किसको देंगी
सन्दूक़ों में बन्द ये ज़ेवर क्यों रखती हैं।
वो जो आप ही पूजे जाने की लायक़ थीं
चम्पा सी पोरों में पत्थर क्यों रखती हैं।
वो जो रही हैं ख़ाली पेट और नंगे पाँव
बचा-बचाकर सर की चादर क्यों रखती हैं।
बन्द हवेली में जो सानहे हो जाते हैं
उनकी खबर दीवारें अक्सर क्यों रखती हैं।
सुब्हे-विसाल की किरनें हम से पूछ रही हैं
रातें अपने हाथ में ख़न्जर क्यों रखती हैं।

ये नहीं ग़म कि मैं पाबन्दे-गमें-दौराँ थी
रंज ये है कि मेरी ज़ात मेरा जिन्दाँ थी।

सुब्ह से आइना छूते हुए डर लगता है
रात ही ख़्वाब में देखा था कि माँग अफ़्शाँ थी।

सूखती जाती है अब ढलती हुई उम्र के साथ
बाढ़ मेंहदी की जो दरवाज़े पे अपने याँ थी।

ख़ाक में खेल के सब नश्शो-नुमा पाई है
बिन्ते-अफलास[1] हूँ मैं, भूख तो मेरी माँ थी।

पढ़ रहा था वो किसी और के आँचल पे नमाज़
मैं बस आइनओ-क़ुरआन लिए हैराँ थी।

---

1. ग़रीबी की बेटी।

○

मैं अपने अज़ाब लिख रही थी
ज़ख्मों का हिसाब लिख रही थी।
फूलों की ज़बाँ की शायरा थी
काँटों से गुलाब लिख रही थी।
उस पेड़ के खोखले तने पर
इक उम्र के ख़्वाब लिख रही थी।
आँखों से सवाल पढ़ रही थी
पलकों से जवाब लिख रही थी।
इक नस्ल के ख़्वाब के लहू से
इक नस्ल के ख़्वाब लिख रही थी।
फूलों में ढली हुई ये लड़की
पत्थर पे किताब लिख रही थी।

या मुझे तेरी हथेली बूझे
या कोई शोख़ सहेली बूझे।

तेरा नाम लिखती हैं उँगलियाँ ख़लाओं में
ये भी इक दुआ होगी वस्ल की दुआओं में।

कैसा होगा आधी उम्र सफ़र में रहना
आधी उम्र अकेले एक ही घर में रहना।

ख़्वाब सन्दल के चाँदी बने माँग में
लड़कियाँ रो पड़ी आइना देखकर

O

कब तक फिरना ग़ारों और गुफ़ाओं में
आओ वापस लौट चलें अब गाँओं में।

सहरा में इक रेत-महल तामीर करें
सुख से बैठें अंगूरों की छाओं में।

रुह भटकती हे बाग़ी शहज़ादी की
सुनते हैं इन ख़ाली महल-सराओं में।

मुझमें छठी हिस जागी ताज़ा मिट्टी की
तुग़यानी है फिर पाँचों दरियाओं में।

गय्या तो सरदार के बाग़ में क़त्ल हुई
चरवाहा सोता है नीम की छाँओं में।

एक ने बेटी, एक ने बेटा जनम दिया
कितना फ़र्क़ है हम दोनों की माँओं में।

O

जो माबद[1] में दिया जलाने आई थी
वो लड़की क्यों अँधियारों की नज़्र[2] हुई।

वो जिसने अश्कों से हार नहीं मानी
किस ख़ामोशी से दरिया में डूब गई।

रेत पे मेरे और तुम्हारे क़दमों की
इक तहरीर थी सो वह दरिया-बुर्द[3] हुई।

लफ्ज़ों के शहज़ादे का रस्ता देखे
जंगल में रहने वाली भोली लड़की।

तेरी मुख़बिर तेरी ही हमराज़ कनीज़
मेरी दुश्मन मेरी एक सहेली थी।

भूख ही पाले अपनी कोख में मेरी माँ
बाँझ दुआएँ मेहनत वाले हाथों की।

वो घर जिसके ताक़ में दिया न था लेकिन
सह्न में एक कुंडाली रक्खी रहती थी।

---

1. मन्दिर, पूजाघर
2. भेंट

○

ताक़ में कौन रख गया एक दिया और एक फूल
ध्यान में फिर से जल उठा एक दिया और एक फूल।

ख़्वाब ही ख़्वाब में कटी, उम्र तमाम जल-बुझी
तेरा कहा, मेरा सुना एक दिया और एक फूल।

शामे-फ़िराक़ की क़सम, और तो कुछ न पास था
तेरे लिए बचा लिया एक दिया और एक फूल।

बामे-मुराद[1] तक मेरे हाथ न जा सके मगर
देर तलक जला किया एक दिया और एक फूल।

तेरी उदास आँख से मेरे ख़मोश होठ तक
हर्फ़े-विसाल क्या हुआ एक दिया और एक फूल।

जश्न की रात जब तेरे नाम पे लोग चुप से थे
मैंने युँही उठा लिया एक दिया और एक फूल।

---

1. अभिलाषा की छत।

○

ये जंग वह है कि अब ख़ुद भी हारना चाहूँ
मगर मैं इसके लिए भी तेरी रज़ा[1] चाहूँ।

मेरे गुलाम! मेरे आइने उठा लाना
कि मैं इस आग को पानी में देखना चाहूँ।

मैं शाख़-शाख़ तेरी निकहतें फ़ुज़ूँ देखूँ
मैं ताक़-ताक़ तेरी रोशनी सिवा चाहूँ।

अटा हुआ तेरी खुशबू से पैरहन रक्खूँ
भरे हुए तेरे रंगों में दस्तो-पा रक्खूँ।

1. आज्ञा

ये नाज़ुक सी मेरे अन्दर की लड़की
अजब जज़्बे, अजब तेवर की लड़की।

युँही ज़ख़्मी नहीं हैं हाथ मेरे
तराशी मैंने इक पत्थर की लड़की।

खड़ी है फ़िक्र के आज़र-कदे[1] में
बुरीदा-दस्त[2] फिर आज़र की लड़की।

अना[3] खोई तो कुढ़कर मर गई वह
बड़ी हस्सास थी अन्दर की लड़की।

सज़ावारे-हुनर[4] मुझको न ठहरा
ये फन मेरा, न मैं आज़र की लड़की।

बिखर कर शीशा-शीशा, रेज़ा-रेज़ा
सिमटकर फूल से पैकर की लड़की।

हवेली में मकीं[5] तो चाहते थे
कि घर में ही रहे यह घर की लड़की।

---

1. मूर्ति बनाने वाले का घर
2. कटे हाथ
3. खुद्दारी; 4. कलाकार; 5. रहने वाले।

खुशबू, सन्दल और न गहना दुख देगा
इक जैसा दुख सहते रहना दुख देगा।

डरती क्यों है, आँखें तेरी अच्छी हैं
लेकिन इनका चुप-चुप बहना दुख देगा।

जो हम दोनों ने मिल-जुलकर झेले थे
वो दुख तेरा तन्हा सहना दुख देगा।

जिसने हमको आँगन-आँगन बाँट दिया
अब तो इस दीवार का ढहना दुख देगा।

जिन्हें कि उम्र भर सुहाग की दुआएँ दी गयीं
सुना है अपनी चूड़ियाँ ही पीसकर वो पी गयीं।

बहुत है ये रवायतों का ज़हर सारी उम्र को
जो तल्ख़ियाँ हमारे आँचलों में बाँध दी गयीं।

कभी न ऐसी फ़स्ल मेरे गाँव में हुई कि जब
कुसुम के बदले चुनरियाँ गुलाब से रंगी गयीं।

वो जिनके पैरहन की खुशबुएँ हवा पे क़र्ज़ थीं
रुतों की वो उदास शाहज़ादियाँ चली गयीं।

उन उँगलियों को चूमना भी बिदअतें शुमार हो गयीं
वो जिनसे ख़ाक पर नमू की आयतें लिखी गयीं।

सरों का ये लगान अबके फ़स्ल कौन ले गया
ये किसकी खेतियाँ थीं और किसको सौंप दी गयीं।

कच्ची उम्रों में भी अकेले रही
मैं सदा अपनी ही सहेली रही।

फूल बहलाए कभी, चाँद मनाने आए
यूँ मेरे साथ तेरे हिज्र की रातें जागीं।

वो ज़ख़्म जो बे नुमू रहा है
उस ज़ख़्म की रोशनी सिवा थी।

चाँद झाँका न कोंपलें महकीं
इस बरस खिड़कियाँ उदास रहीं।

○

शह्र पर रात का शबाब उतरे
मुझ पे तन्हाई का अज़ाब उतरे।
आँखें बरसें तो टूटकर बरसें
धूप उतरे तो बेहिसाब उतरे।
हम नई फ़िक्र के पयम्बर हैं
हम पे भी इक नई किताब उतरे।
ख़ूब था एहतमामे-दारो-रसन
हम वहाँ से भी कामियाब उतरे।
शह्र बहरा है, लोग पत्थर हैं
अबके किस तौर इन्क़लाब उतरे।
आफ़रीं शेर! वो तो झूठे थे
अब सदाक़त का कोई बाब उतरे।

अपनी आग को ज़िन्दा रखना कितना मुश्किल है
पत्थर बीच आईना रखना कितना मुश्किल है।

कितना मुश्किल है तस्वीर बनाना औरों की
ख़ुद को पसे-आईना रखना कितना मुश्किल है।

आँगन से दहलीज़ तलक जब रस्ता सदियों का
जोगी तुझको ठहरा रखना कितना मुश्किल है।

दोपहरों के ज़र्द किवाड़ों की ज़ंजीर से पूछ
यादों को आवारा रखना कितना मुश्किल है।

चुल्लू में हो दर्द का दरिया, ध्यान में उसके होंठ
यूँ भी ख़ुद को प्यासा रखना कितना मुश्किल है।

दासी जाने टूटे-फूटे गीतों का ये दान
समय के चरनों में ला रखना कितना मुश्किल है।

अब्र के साथ हवा रक़्स में है
सारे जंगल की फ़िज़ा रक़्स में है।

पाँव टिकते ही नहीं अश्कों के
जैसे आँखों की दुआ रक़्स में है।

दरमियाँ चीख़ते इन्सानों के
मेरा ख़ामोश ख़ुदा रक़्स में है।

खोखला पेड़ पड़ा है लेकिन
उसका एहसासे-अना रक़्स में है।

○

जीवन कितना बाक़ी है
थोड़ा रस्ता बाक़ी है।
साईं तेरे देने को
पास तेरे क्या बाक़ी है।
खोजो अपनी मिट्टी को
कितनी माया बाक़ी है।
मेहनत वाले हाथों का
क़र्ज़ तो बाबा बाक़ी है।
अब तक मेरी फ़स्लों पर
सूद हवा का बाक़ी है।
उजड़े शहर पे रोने को
बन में कुटिया बाक़ी है।
कश्ती के सामानों में
बस इक नक़्शा बाक़ी है।
रेवड़, लड़की, झाड़ी बीच
फटा दुपट्टा बाक़ी है।

○

नैना ध्यान सराए ख़्वाब मुसाफिर आए
रात जहाँ पर तन का कोरा माँस चबाए
सुब्ह मुँडेर-मुँडेर भूख जहाँ मँडराए
लड़की चुप बैठी है कब से दिया जलाए
मन की थकन यह पूछे किसके पाँव दबाए
सहरा की यह बेटी किसकी प्यास बुझाए

रातों जागी आँख
छाजों पानी लाए

नामाबर

वो नामाबर[1] है
उसका काम है पैग़ाम पहुँचाना
मगर भीगी हुई आँखों की हैरानी में
ठह्रे ख्वाब
साकित लब
दुआएँ जिन पर आकर दर्द बन जायें
वह किन अल्फ़ाज़ में भेजूँ।

1. सन्देश वाहक।

मैं बचपने में भी मिट्टी के घर बनाती थी
सदा इक उन्स[1] रहा गाँव के मकाँ से मुझे
मेरी अना मेरा मेयारे-फ़न न हो क्योंकर
ये फ़न मिला है विरासत में अपनी माँ से मुझे।

1. प्रेम।